菩薩の船

大江戸定年組

風野真知雄

角川文庫
22918

目次

第一話　菩薩の船　5
第二話　森の女　74
第三話　青　猫　125
第四話　幼なじみ　182
第五話　老いた剣豪　227
夏木権之助の猫日記（二）　白助黒助　287

主な登場人物

◆初秋亭

藤村慎三郎《ふじむらしんざぶろう》　北町奉行所の元同心

夏木権之助忠継《なつきごんのすけただつぐ》　三千五百石の旗本の隠居

七福仁左衛門《しちふくじんざえもん》　老舗の小間物屋〈七福堂〉の隠居

加代《かよ》　藤村の妻

志乃《しの》　夏木の妻

おさと　仁左衛門の妻

安治《やすじ》　飲み屋〈海の牙〉の主人

藤村康四郎《ふじむらこうしろう》　藤村慎三郎の嫡男。見習い同心

鮫蔵《さめぞう》　深川の岡っ引き

入江かな女《いりえじょ》　初秋亭の三人が師事する俳句の師匠

寿庵《じゅあん》　腕の良い蘭方医

第一話　菩薩の船

一

――見れば見るほど、おかしな家だぜ。

藤村慎三郎《ふじむらしんざぶろう》は、一階の庭に面した四畳半に寝転びながら、柱から天井あたりを眺めてつぶやいた。

ここは深川熊井《ふかがわくまい》町の、〈初秋亭〉と名づけた小さな家である。これを借り、友人二人とともに隠れ家として使っている。

藤村は今年の春まで、北町奉行所で定町回り同心をしていた。倅の康四郎《こうしろう》が相応の歳になったため、引退し、家督をゆずった。隠居したわけである。歳は五十五だった。まだやれる気もあったが、潮時だというのが周囲の目でもあった。

ちょうど、時を同じくして、昔からの友人である旗本の夏木《なつき》権之助《ごんのすけ》と、町人の七福《しちふく》仁左衛門《じんざえもん》も、家督をゆずって隠居の身になった。

その隠居三人が集まり、これからの人生で何がいちばん必要かと語り合った。そうして、決めたのが、

「いい景色を、見ながら暮らそう」

ということだった。三人で、そんな家を共同で借り、隠れ家として使おうというわけである。

ところが、いざ景色のいい隠れ家を探すと、なかなかぴったりの家はない。すったもんだの挙句、ようやく見つけたのが、熊井町のこの家だった。

裕福な油問屋のあるじが、隠居して建てた。「変わり者」と言われた人で、その人が好みにまかせてつくった家である。凝《こ》りに凝っていて、便宜性はともかく、風流な、というより酔狂なこと、この上ない。

この家の趣《おもむき》をひとことで言えば、茶室のようである。ただし、とくに茶室や炉がつくられているわけではない。その「変わり者」のあるじは、茶はやらなかった。茶は俳諧の趣味もなかった。ただ笛を吹くのは好きだったという。言われてみると、こ

こで笛を吹いたら、さぞ風雅な気分にひたることができただろう。

壁は、外も内も白壁ではない。誰もが、

「これは何色というのですか」

と訊《き》くのだが、答えようがない。薄い赤と茶が混じったような、華やかではないが、どこかに艶っぽさのある微妙な色合いである。

そもそも、この色がどういう色なのか、壁を塗った左官の職人でさえわからないらしい。というのも、あるじから直々に、漆喰《しっくい》にはこの染料を混ぜるようにと手渡されたものだからだ。

この壁やふすまのところどころに、直径が五寸ほどの、丸い小さな穴が開けられている。これが何なのか、しばらくわからなかった。そのうち、近所の野良猫が入りこんで、ようやくわかった。これは、猫の通り穴なのだった。

家の中には、もっと小さな穴もあった。それは、この家のあらゆるところに、ふんだんに使われている素材の、竹に開けられている。柱や雨どいなどに使った竹の幹に、小さな穴がいくつかずつ並んでいるのだ。これは、猫の通り穴よりももっと解明しがたい謎で、気づいたのは、住みはじめて三月以上経《た》った風の強い夜だった。

——なんだ、この音は？

風の音が、家のあちこちで異なる音階を奏《かな》でていた。つまり、開いた竹の穴が笛の穴と同じ役目をして、風を受けると、この家にいくつかの音色を響かせる仕掛けなのだった。

「この家は唄う」

とは、近所の人からも言われていた。その理由は、これで納得した。

家の穴はともかく、つくりはざっと以下のようなものである。

大川《おおかわ》に向いた西側だけは生垣だが、あとは黒板塀で囲まれている。ただ、板塀の上部は風が通るよう、格子《こうし》になっていた。

初秋亭の扁額《へんがく》を掲《かか》げた門を開けると、わずかな石畳をあいだに、すぐに玄関口がある。玄関のわきは植え込みがあり、料亭の玄関口のように洒落《しゃれ》ている。

一階は、左手に二階への階段と台所があり、右手に厠《かわや》がある。奥が、いま藤村が寝そべっている四畳半と縁側。二坪ほどの小さな庭と生垣の向こうは、大川の土手になっていて、そこは人通りもある。だが、生垣と軒下に吊るしたすだれで、視界はほとんど庭の緑と石組みだけになっている。

二階はもっと簡素である。階段を上がると、東側に小さな三畳間、南側にこの家ではいちばん広い六畳間があった。

ほかに部屋はない。内風呂もない。九尺二間の裏長屋と比べたらもちろん広いが、裕福な大店《おおだな》のあるじがつくった隠居家にしては手狭である。だが、むしろその狭さを楽しんでいた気配も感じられた。

こんなふうに、初秋亭は一人の気難しい風流人が、自分の憧れの世界をつくるべく、凝りに凝って建てられたものだった。

だが、この建物が気に入ったのは、つくりが奇妙で、風雅だったからではない。これはおまけのようなもので、ここがなによりも素晴らしいのは二階から見る景色だった。

大川の河口を、我が家の池のように見下ろすことができる。もちろん池というには大きすぎて、湖といったほうが的確だろう。

真向かいにあるのは、霊岸島《れいがんじま》の越前福井藩松平家の屋敷である。大名屋敷だけあって、こんもりと木が繁り、こちらから見ると、森のようである。その左手は湾曲していて、御船手組の組屋敷や船見番所もあるのだが、そこらはよくわからない。さらに向こうの鉄砲洲《てっぽうず》あたりがよく見え、ここは釣りの名所だけあって、天気のいい日には大勢の釣り人でにぎわっている。

ちょうどこの方向に、晴れた日にはくっきりと浮かび上がるのが、霊峰富士である。富士が見えないときの景色も悪くはないが、やはりこのなだらかな三角形が現われると、景色に落ち着きが出てくる。

遠くまで広がる海を挟んで、左に見えているのが、砂州《さす》でできた石川島《いしかわじま》である。漁師たちが住む佃島《つくだじま》は、その後ろに隠れている。

さらに窓辺に立てば、左手に石川島で分かれた大川の河口、越中島《えっちゅうじま》や武州忍《おし》藩の屋敷も見えている。

刻々と色や表情を変える大川の河口と海。大名屋敷や石川島の緑。築地本願寺周辺の江戸の町並み。そして富士……。これらが構成する雄大で、しかも人にもなじんだ景色は、いくら見ても見飽きることがない。

――よくぞ見つけたり。

藤村だけでなく、友人二人もすっかり満足しきっていた。

ところで、いま――。

この景色にふさわしい、いや、景色と張り合おうかというほど、きれいなご婦人が二人、藤村慎三郎を訪ねてきたのだった。

「やあ、これは、これは」

藤村はいそいそと立ち上がり、

「二階は日差しがきついので、ささ、こちらに」

元同心というより、商家の手代のように、座布団を勧めたのである。

「ごぶさたいたしておりました。奉行所をお辞めになったとき、ご挨拶にうかがわなければいけないのに、家がごたごたしておりまして」

と先に挨拶したのは、札差《ふださし》の島原屋長八郎《しまばらやちょうはちろう》の妻、美佐《みさ》である。三十にはなっていない。二十七、八といったところか。

元は吉原の売れっ子花魁《おいらん》である。三国太夫《みくにだゆう》といって、飛ぶ鳥を落とす勢いだったらしい。らしいというのは、藤村にしても噂でしか知らず、なにせ三国太夫と遊べるのは、札差などケタちがいの豪商か、ウン十万石以上の大名かと言われていた。

藤村は二年ほど前、札差の〈島原屋〉の手代のもめごとを解決してやった。そのときのことを思い出して、藤村に連絡してきたのだろう。昨日の朝、美佐の身の回りの世話をしている小女《こおんな》がやってきて、

「相談したいことがあるので、じきじきにお訪ねしたい」

と言ってきた。藤村が隠居したあと、仲間たちとともに、ここで簡単なもめごとの相談を始めたのを、人づてに聞いたらしかった。

島原屋ほどの豪商になると、ふだんは同心よりも上の与力、いやもっと上のお奉行くらいの格の人たちと付き合う。今日、わざわざ引退した藤村を訪ねてきたというのは、上の連中には言いにくいことにちがいない。

「とんでもない。こちらこそ、お役に立てる機会が少なくて」

「いいえ、この先もいろいろとご面倒を見ていただけたらと存じます」

頭を下げるのといっしょに、いい香りも漂ってくる。藤村の女房の加代《かよ》が香道《こうどう》の師匠をしているので、ふつうの男よりは匂いに敏感である。おそらくこの匂いは、高価なものでなかなか手に入らないという伽羅《きゃら》ではないか。

「それはわたしなどにもできることがあれば」

と言いながら、美佐がわきに置いた小さな風呂敷包みをすばやく見た。手土産にしては小さいと、ちらりと思ってしまう。

「それでさっそくなのですが、こちらは……」

と、いっしょに来た女のほうを見た。

「薬種問屋の赤虎屋弥助《あかとらややすけ》の家内で、登美《とみ》と申します」

「〈赤虎屋〉さんというと、一石橋《いっこくばし》の近くの？」

「はい」

「そうでしたか」

北町奉行所のすぐ近くである。前を通るたびに、いくつもの薬の不思議な匂いが鼻をくすぐった。

登美のほうは、島原屋の美佐よりも、一つ二つ下といったあたりだろう。こちらも目を瞠《みは》るほどの美人だが、美佐よりは目鼻立ちがややこづくりである。その分、涼しげだろう。どちらが美人かと点を競ったら、たぶん得点は真っ二つに分かれるのではないか。

この二人を前にして、酒を飲んだなら、さぞやいい心持ちになれるだろう。

「お二人は、お友だち同士で？」

「そうではないのです」

と、島原屋の美佐が答えた。

「うちの主人が、赤虎屋さんと同じところに遊びに行くと知って、わたしのほうから、登美さんを訪ねました。お話するうちに、登美さんも同じ悩みを抱えているとわかり、それからはしばしば二人で相談するようになりました」

「そうでしたか」

「それで、お願いというのは……」

美佐は、いったん言葉を切った。こういうときは、急《せ》かさずに待つべきである。それほど間《ま》を置かず、

「わたしどもの主人たちは、なんだか秘密の会合を持っているらしいのです」

と言って、幕が落ちたように暗い顔になった。

「秘密の会合……」

おそらく、ご亭主たちの浮気なのだろうと、当たりはつけていた。だが、会合というのはどういうことなのか。あれほどの豪商たちなら、人には言えない会合に出ることも多いだろう。

藤村はそんな感想は言わず、静かにうなずいた。

「もちろん、わたしだって男の方たちの会合がどんなものか、商売を円滑におこなうためにはどんな接待が必要か、それくらいは存じております。あの主人とも、そんな席で出会いました。ただ、いま主人たちが参加している会合というのは、そういうものとはちがう。ただの会合でも遊びでもない。もっと秘密めいていて、後ろめたいものにちがいないのです」

「それに、島原屋さんだけでなく、赤虎屋さんも？」

藤村の問いに、赤虎屋の登美もうなずき、

「はい。二人はいっしょに出ているのです」

と言った。

札差というのは、武士の俸禄である米を現金に替える仕事だが、その札差と薬種問屋が、しばしば会合でいっしょになるというのも不思議である。ほとんど関わりのない商売同士ではないか。

「そう思われたきっかけは?」

と、藤村は美佐を見ながら訊いた。

「はい。ざっくばらんに申し上げます。主人たちは歳が歳ですから、あちらはたいして盛んなものではありません」

「たしか、ご主人たちは……」

「はい。手前の主人は五十八。赤虎屋さんはその一つ下でございます」

というと、藤村ともそうちがいはない。たいして盛んではないなどと言われて、内心、苦笑いするしかない。それは、この年頃のご婦人たちが望むほどには、盛んにはなれないだろう。

「では、女ではないと?」

「いえ、やはり会合には、女もからんでいるようにも」

「よく、わかりませんな」

「はい。いつもは尻をつねりたくなるほど疲れた顔をしているのに、ときどき、やけにさっぱりした顔になるのです。顔に輝きがもどるのです。わたしと初めて会ったのは、十年近く前のことですが、あのときでも、あんなに浮き浮きしたような顔はしませんでした」

「酒のせいではないんですか？　いい酒でうまい肴《さかな》を食ったあとは、おいらなんぞもいい気分になったりしますが」

「いえ、ちがいます」

と、美佐はきっぱり打ち消した。

「もともとうちの人は、お酒は好きではないんです。どんなに酔っても、気分がよくなるということはありませんでした」

「それは手前の主人も同じです」

と、登美もうなずいた。登美は美佐よりは、控《ひか》えめな性質らしい。

「それでは……なにか、精のつくものでも食べられたとか？」

藤村は、言ったあと、我ながら適当なことを訊いたと思った。案の定、

「何を食べたら、そんなに潑溂《はつらつ》となるのでしょう」

と、美佐に笑顔で切り返された。

「ううむ、たしかにおいらも教えてもらいてえ」

「やはり、女だと思うのです」

「わたくしもです」

美佐と登美は顔を見合わせ、うなずきを交《か》わした。

「こんなきれいな女房がいても、まだ女と会いたいかねえ」

と、思わず口にした。これは本気の疑問である。

「そこらで遊ぶのは、わたしも我慢します。でも、それほど日々の疲れを慰撫してあげる女がいるとしたら……」

と、美佐が言い、

「悔しいし、羨ましい。せめて、正体くらいは知りたい……」

と、登美が言った。

女たちはよほど悩んだらしい。そこまで言うと、二人とも俯《うつむ》いて、しばらく泣いた。なにやら、自分の娘が泣いているようで、哀れに思ってしまう。

藤村は黙って泣きやむのを待ち、

「お苦しみでしたな」

と、優しく言った。

「見苦しいところをお見せしました」

「なんの、なんの。それで、その会合の中身と、女の正体を知りたいというわけですな」

「ええ」

と、美佐と登美は決意を示すように大きくうなずいた。

「手がかりのようなものはあるのですか？」

「はい。主人たちが集まる店の見当はつきました。言い渋る手代に、絶対、お前から聞いたことは内緒にすると言って、やっと白状させました。月に二度ほどの割合で、〈うなじ〉という店に行くのです」

「ああ、あそこかい」

この春、藤村が北町奉行所を退《ひ》くことになったとき、別れの宴《うたげ》がおこなわれた店である。大店のあるじや大身の旗本、大名家の江戸屋敷の用人などがよく利用する店で、町奉行所の同心あたりには敷居が高すぎる。たまたま同僚の柴田《しばた》という男が、ここの面倒を見てやっていた関係で、安くやってくれたのだった。

「元大工町《もとだいくちょう》だよな」

「そちらにも行きますが、なんでもこちらの深川に、舟遊び用の別の店があるそうです」

「それは知らなかったな」

よほどひっそりと営業しているのだろうか。もっとも、深川に料理屋は数えきれないほどある。全部、知っているのは、ここらを縄張りにしている鮫蔵《さめぞう》という岡っ引きくらいのものだろう。

「でも、もしも女がいるとしても、あそこのおかみさんではないような気がします」

「ほう。それは、どうして？」

「ええ。あの、お美しい方ですが、お歳が……」

「ああ、なるほど」

うなずきながら、思わず笑ってしまう。言葉の裏には、「あんなバアサン」という悪態が感じられた。

たしかに、あのおかみは若く見えるとはいっても、四十半ばほどにはなっているだろう。それに、あのおかみはきれいなことは確かだが、この二人に比べたら……。

この二人なら、おそらく一町先にいても、あるいは千人の群集のなかからも、一目で見つけられるにちがいない。それくらいの美女なのである。

どちらも亭主よりずいぶん年下である。前の女房は、出ていったのか。それとも、離縁したのか。もしかしたら、一度や二度ではきかないのか。

——まったく、島原屋も赤虎屋も、羨ましい限りだぜ。

会ったこともない豪商たちに、嫉妬を感じてしまう。

「ご両人とも、お子さんは？」

「まだでございます。それに主人は望んではいないと思います」

「うちも同じです」

と、登美もすぐに付け加えた。

陽は今日もまぶしいほどに照りつけている。いまは西に傾いて、二階はうだるような暑さになっているだろう。庭の植え込みもげんなりしているふうである。

だが、一階のここは、わずかに風があり、軒先に下げた風鈴が、ちりんちりんとお情け程度の音色をひびかせていた。

「わかりました」

と、藤村は言った。これ以上は、女たちも何も知らないのだ。

「できるだけのことはさせていただこう」

「ありがとうございます」

「ただ、一人だけでは心許《こころもと》ない。じつは、この家をいっしょに借りている古くからの仲間たちがいましてな。一人は旗本の夏木権之助といい、もう一人は町人の七福仁左衛門といいます。この二人にも手伝ってもらうことになる。もちろん、二人とも、口は堅いです」

美佐と登美は目を合わせてから、

「それなら、けっこうです」

と、美佐が言った。

じつは、夏木と七福が本当に口が堅いかは、あまり自信がない。むしろ、夏木あたりはつい調子に乗ると、余計なことまでしゃべってしまうところがある。

昨日は家に帰ると言った二人には、今日は昼過ぎには来るように言っておいた。もう夕方近いのに、何をしているのか。

「そろそろ来るはずなのですが」

「でも、ご挨拶はまたの機会にさせていただきます。これは遅くなりましたが、ほんの手土産。どこかに飾っていただいても。お気に召さなければ、処分していただいても」

美佐が押し出したのは、さっきからわきに置いていた小さな包みである。風呂敷を解《ほど》くと、中からは小さな箱が出てきた。

「そんな、処分だなどと」

中身が気になる。

「お願いがかないましたら、お礼は存分に」

「ええ。それでは、よろしくお願いします」

美女二人に丁寧に頭を下げられ、

「たしかにお引き受けいたしました。なあに、この手の仕事で失敗したことはありませんよ」

ついつい大見得を切ってしまった。

二

蟬《せみ》の鳴き声が、あたりの景色まで震わせているようである。

初秋亭の界隈は、路地の植木はともかく、大きな樹木が少ないので、蟬の鳴き声はさほどでもない。

だが、いま夏木権之助が来ている深川の西平野町《にしひらのちょう》あたりは、大きな寺や大名屋敷の木々に囲まれているため、やたらと蟬が多い。いくつか違う種類の鳴き声が重なり合って、うなりのようである。

その蟬を題にして、夏木は発句《ほっく》をひねっている。いや、浮かぶはずはないと思って、とりあえずひねるふりをしている。

夏の終わりのひぐらしのほうは、俳諧にできそうだが、こうもやかましい油蟬だと、感興どころではないような気がする。

今年の春、熊井町の隠れ家を見つけたあと、あそこのいい景色を味わいつくすためにも、俳諧を習おうということになった。師匠に選んだのは、七福仁左衛門の以前からの知り合いで、深川黒江《くろえ》町に住む入江《いりえ》かな女《じょ》という女の師匠である。なかなかの美人で、夏木としてはそれがなによりだった。

そのかな女が主催する句会にそなえて、夏を題材にした発句をつくっておかなければならない。ところが、なかなか浮かばなくて、弱っている。

ここは、夏木の屋敷ではない。夏木の屋敷は浜町堀《はまちょうぼり》の近くにあり、三千五百石の旗本だけにそれなりに立派なつくりである。

こちらは、二階建ての一軒家で、夏木が深川芸者の小助《こすけ》を囲っている。

若い女の住まいである。飾りなどが女のもので、なんとなく落ち着かない。だが、その落ち着かなさは、浮き浮きして若やいだ気分にもつながっているような気がする。

その小助は、いまはすだれの下がった二階の窓辺に腰をかけ、忙しく団扇《うちわ》で胸元に風を入れながら、下の通りをぼんやり眺めている。

けだるい空気が漂っている。

夏木はこの数日、早くも夏の疲れを感じはじめている。

どうしても、歳を意識してしまう。

五十を過ぎたら、酒と煙草《たばこ》は控えめにすべきだというのはよく聞く。たしかに酒は弱くなった。三合も飲むと、もういいかなという気になる。

だが、夏木は煙草のほうはやらない。むしろ、たまに悪戯《いたずら》のように煙草を吸うと頭がはっきりする。酒を減らして、煙草を始めたほうがいいのかもしれない。

と思いつつ、手元に置いた冷酒を一口飲んだところで、一句浮かんだ。

蟬の声途絶えたように昼寝かな

できた句を口に出し、

「どうだ？」

と、小助に訊いた。

「あたし、発句のことなんざ知らないもの。全然、まったく、知りたくもないもの」

「そう言うな」

と、夏木は手を伸ばして、くるぶしのあたりを撫《な》ぜた。若い女は、こんなところもつるつるしている。

「小助、喉が渇いたな」

「そうね」

「昨夜、西瓜《すいか》を買っておいた」

「あら」

「冷やしてあるから、持ってこさせよう」

そう言って、階下の婆やに声をかけた。

切った西瓜を婆やが持ってきたが、縫い物の途中とかで、すぐに降りていった。

「おい、小助。食べさせてくれ。わしは手が放せぬ」

「筆を置けばいいでしょ」

「置くと発句がつくれぬだろう」

「馬鹿みたい」

「あーん」

「やぁね、おじじのくせに」

小助はこのところ機嫌がいい。機嫌がいいのが何よりである。小助の機嫌がいいと、世の中が明るくなったように思えるくらいである。そのかわり、機嫌が悪いと、夏木のほうも気落ちしてしまう。たかが小娘になぜこれほど振りまわされるのか、自分自身が情けなくなったりもする。

「ねえ、夏木さま」

「なんだ」

「あたし、生き物が飼いたい。夜なんか寂しいとき、生き物がいたらいい」

「なんだ、それ」

「若いオスの生き物」

「おい」

「冗談よ。あたしの友だちが狆《ちん》という犬を飼ったの」

「ああ、あれか」

「かわいいのよ」

「わしは生き物は好かぬ。どうも、犬だの猫だのが近くにいると、くしゃみが出たり、鼻水が止まらなくなったりするのだ」

「気のせい。そんなこと、あるわけないでしょ」

さあっと風が吹き入ってくると、四つも下げてある軒先の風鈴がいっせいに鳴った。

この風鈴が、ときどき三つになったり、七つになったりする。それにどういう意味があるのか、夏木は一度、ぼんやり考えたが、結局、わからなかった。

「じゃ、あたしはそろそろお座敷に行く支度にかかりますから」

「早いだろう？」

「早くから舟遊びをするお客がいるの。ほらほら」

帰れという意味である。

「じゃあ、三日後に来てもいいか」

「あ、その日はだめ」

「いつがいい？」

「いまは、そんな先のことはわかんないの」

追い払われるように西平野町の家を出て、夏木は初秋亭に向かった。海辺橋を渡って、左手にお寺が並ぶ通りを抜け、水辺のほうが涼しいので、油堀《あぶらぼり》沿いに大川のほうへ歩いた。柳の並木がいつの間にか桜並木に変わった。こちらのほうが、木陰の範囲が広くてありがたい。

——そういえば、藤村から今日の昼過ぎに、客があると言われていたな。

思い出したのは、永代橋《えいたいばし》の手前まで来たときだった。もう、陽は西に傾いている。昨夜遅くに、ひさしぶりに小助の肌を味わって、今朝は起きることもできなかったのだ。

まずいなと思ったが、十間ほど前を七福仁左衛門が歩いているのが見えた。仁左衛門も早く来るように言われていたはずだった。

「いよぉ、仁左」

七福仁左衛門は、初秋亭の手前まで来たところで、後ろから夏木権之助に声をかけられた。

「やあ、夏木さま。藤村さんから早く来いと言われてましたっけね」

「うむ。忘れてしまった」

「あっしもで」

「おや、仁左。今日はやけに顔が明るいな」

「そうですか」

「なんか、いいことでもあったのか」

「ええ、まあ」

歩きながらも、ついにやにやしていたらしい。じつは、若い女房のおさとから、さっき驚くようなことを告げられた。

「できたみたいよ」と言われたのである。

「お、お、おれの子か」

思わずそう言ってしまった。思えばひどい言葉である。

「当たり前でしょ」

「そうか、そうか」

まさか、もうできないと思っていた。若いうちに見てもらった占い師にも、タネが水のように薄いと言われたし、死んだ女房とのあいだにも、子は二人しかできなかった。あとを継いでいる鯉右衛門《こいえもん》と、赤ん坊のうちに死んでしまった娘だけである。それはもう、三十年も前のことである。

「じつは……おさとに子ができてね」

「おう。そいつはめでたい。仁左、でかした」

夏木は仁左衛門の肩をぽんぽんと叩いた。

「なあに、めでたくもあり、めでたくもなしですよ」

「なにをはっきりしないことを言ってるか。赤ん坊が生まれるというのは、まずはめでたいことなのさ。いやあ、それは、めでたい、めでたい」

めでたいを連発しながら、初秋亭の玄関をくぐった。

「なんでえ、正月まではまだ半年ほどあるぜ」

藤村が階下で横になったまま、そう言った。

初秋亭の二階に、この家を共同で借りている三人が集まった。

元北町奉行所の定町回り同心、藤村慎三郎。

三千五百石の旗本、夏木権之助忠継《ただつぐ》。

町人の七福仁左衛門。

身分違いの三人が親しくなったのは、四十年以上前にさかのぼる。

きっかけは水練だった。三人とも泳ぐのが大好きで、夏になると大川べりにやってきた。泳ぎが達者な子ども同士で、もぐったり、競争したり、沖に出たりしているうち、気心が知れ、兄弟のように親しくなった。

十二の夏から十五の夏まで、じつはもう一人加えた四人で、大川から江戸湾にかけて泳ぎまくったものだった。

　大人になるころ、少年たちは自然に水遊びに別れを告げ、いったんは四人の仲も疎遠になった。だが、十年ほど前、仲間の一人を亡くしたあるできごとをきっかけに、三人の付き合いが復活した。

　そして、三人は同じころに倅に家督をゆずり、隠居の身分になった。境遇まで同じになった三人の付き合いはますます親密になり、とうとう共同でここ深川熊井町に初秋亭と名づけた隠れ家まで借りることになったのだった。

「何がめでてえんだい？」

「おさとに子ができたのさ」

「ほう、そいつは凄いや」

「おさとも大喜びかい？」

「それが手放しというわけにはいかないのさ。なにせ、わしの歳が歳だからさ」

「そりゃそうだ。子どもが物心つくまで生きられるかねえ」

　と、夏木が言うと、

「そうだな。お盆だけしか親父に抱いてもらえないい子どもじゃかわいそうだな」

　藤村はさらにひどいことを言った。

「おいおい、嫌なことを言うなよ」

「しかも、倅夫婦《せがれ》とのあいだで、揉《も》めごとにもなりそうだな」

「それもおさとは気にするのさ。だから、倅にはまだ言っていない。なあに、きちんと話さえすれば、揉めごとになんざなるもんか。家督はすでにゆずったんだから、こっちはいまの長屋をあっしの子に渡し、新しい商《あきな》いのとっかかりでもつくってやるだけのことさ」

「もう、そこまで考えたかい。周到なこった」

三人そろったが、みな、ぐったりしている。一階は土手のせいで、西日がまともには差し込まないが、それでも暑い。風も止まっている。

「暑いな」

「暑いさ。ところで、何の話だったのだ」

「なんだか、よくわからん話でな。そのかわり、礼金は凄そうだぞ。手土産にあれを置いていった」

藤村は部屋の隅の棚を指差した。

金色の人形が光っている。

「なんだ、こりゃ。金の大黒さまか」

持ち上げると、いくらか空洞はありそうだが、それでもずしりと重い。

「本物か」

「本物だな」

「五両は固いな」

「そんなとこだろう」

「それで、簡単な話などあるわけがねえ」

「どうだ。ひと泳ぎしてから、安治《やすじ》のところで一杯やりながら話すか」

「そりゃあいい」

土手を上がれば、すぐに大川である。風呂にでも入るつもりで一泳ぎする。この夏、三人は数十年ぶりに、大川や江戸湾で泳いだ。身体で覚えたことは忘れないらしく、すぐに昔の勘を取り戻した。以来、暑い日はさっと泳いでいる。

四半刻も水をくぐってから、行きつけの飲み屋〈海の牙〉に向かった。

三

つきだしの鮪とねぎぬたで冷酒をあおると、藤村がさっき依頼されたことを二人に語った。

「ああ、うなじか。何度か行ったことはあるが、あそこは勘定がべらぼうだからな」

「夏木さんほどの旗本でも、高いと感じるくらいなんだな」

「まあ、料理はいいし、居心地もいいから、懐《ふところ》さえ許せば通いたい店ではあるがな」

「おかみはどうだね？」

「べっぴんではあるが。わしの好みとは……」

夏木が、目鼻立ちのはっきりした美人好みなのは、奥方を見てもわかる。うなじのおかみは、一重瞼のすっきりした目で、水の流れる音が聞こえそうな、涼やかな顔立ちである。昼過ぎに来た美佐と登美が多色摺《ず》りの美人なら、うなじのおかみは墨絵の美人とも言える。

「じゃあ、夏木さんに潜入してもらう手は駄目かな」

「行けと言うなら行くが、だが、怪しいのは元大工町の店ではなく、別荘のほうなんだろ？」

「そうなんだよ」

「じゃ、とりあえず、旗本の仲間にいろいろ店の動向などを聞いておくか」

「そいつは助かるね。札差のほうはどうだい？」

「わしは島原屋は使っておらぬ。だが、評判くらいは聞いておいてやろう」

「それで、仁左のほうだが」

「うーん、島原屋と赤虎屋かい。そいつはまた……」

七福仁左衛門もこのあたりの豪商は苦手らしい。

「気後れするかい」

「そりゃ、そうだよ。だって、あの人たちの商いは、あっしなんかとは二ケタ、いや三ケタほど違うもの」

「そりゃあ、生き馬の目を抜くような商売をしてるだろうな」

「まあ、札差のほうは取りつく島もないが、薬種問屋のほうなら取引している知り合いはいる。そいつには訊いておくさ」

「頼んだぜ」

そこへあるじの安治が大皿を持ってきた。うなぎのようだが、蒲焼とは色がまるで違う。

「あなごか？」

と、藤村が訊いた。

「うなぎだよ。精をつけとくれ」

「ほう、塩焼きとはおつだね」

「塩加減が決めてでさあ」

蒲焼のように、とろけるほどではないが、さっぱりして、まるで別の味わいである。

あまりのうまさに、しばらく話を中断してむさぼり食う。

安治は、元は佃島の漁師である。海に出なくなってから、うまい魚を食べさせるため、この店をつくった。最初から魚はうまかったが、酒の味はさほどでもなかった。それを藤村たちが、ああだこうだと口を出し、うまい酒を何種類かそろえさせたのである。

安いし、うまいし、気はおけないし、三人にとってなくてはならない店になっていた。

「そんなケタちがいの商いをする人たちが、何人か集まったら、悪だくみにしても、途方もねえ悪だくみになるだろうな」

「阿片《あへん》てことはねえだろうな」

「薬種問屋なら、そっちの手蔓《てづる》もありそうだな」

「どうかねえ」

「まさか、あっちじゃないだろうね」

仁左衛門はとんでもないものを思いついたらしい。

「あっちって何だ？」

「ほら、あれだよ。あーめん、そーめん」

「バテレンか」

と、思わず声をひそめた。

「そうなると、わしらじゃどうしようもないぞ」

夏木が心配すると、

「いや、江戸の真ん中でそれはねえ。おいらは三十年、同心やってて一度もバテレンには出会っていねえもの」

と、一蹴した。

うなぎの最後の一切れを口に運びながら、七福が、

「もしかしたら、変な食いものを食う会じゃねえのか。ゲテモノを。ああいう人たちは、当たり前のうまいものなんざ食い飽きているから、人には知られたくないものを食べたりしてるのさ」

と言った。

「たとえば？」

「犬なんざ食っても、元禄の世ならともかく、いまはたいした文句も言われまい」

「鷹とか」

「犬とか」

「そりゃあ、まずいが。あんなもの、うまそうには見えねえけど」

「お濠の鯉が丸々と肥《ふと》ってたぜ。あれも食ったらまずいだろう」

「それもたしかに禁断の味ではあるな」

「禁断の味ってえのは、うまいのかね」

夏木が最後のうなぎを大口を開けて放り込んだ。

そこに安治が怒ったように口をはさんだ。

「なあに、旬のものにまさる味はねえ」

「まったくだ」

三人とも大きくうなずいた。

四

まずは藤村が、うなじの別邸の場所を確かめることにした。

堀川町の顔なじみの船宿で訊いてみると、意外にすぐわかった。上佐賀《かみさが》町の中之橋寄りのところにあった。元は〈つたの家〉という船宿だったのを、うなじで買い取ったのだという。前まで行ってみると、たしかに障子《しょうじ》に小さく、店の名が入っていた。新しい客はいりませんと、小さな文字が強気に語っている。

大川は真ん前である。佐賀町河岸に舫《もや》ってあったうなじの字が入った舟は、小さな猪牙《ちょき》舟ではなく、小ぶりの屋形船だった。

ちょうど棒手振《ぼてふ》りの魚屋が通ったので、ちょっと探りを入れてみることにした。この手の連中は、うわさ好きの小女《こおんな》などと親しくしていて、意外に店の事情に詳しかったりするのだ。

「よう。ここの店は、元大工町の店といっしょかい」

「ああ、そうですよ」

「あの店だったら、棒手振りからは買わねえだろ」

「いえ、こちらには特別に活《い》きのいいのを届けますんでね」

「ふうん。うなじはこっちでも料理を出してるのかい？」

しつこく訊ねる藤村を、若い魚屋は、警戒するように見て、

「たまに出してるみたいですが」

「なんでも、札差の島原屋もこっちに来てるらしいね？」

「さあ、あっしらにそういうことは……」

余計なことは言わないようになっているのだ。存分にお代をもらっている証拠である。

周囲をまわってみることにした。店は西南の角地に立っていて、東は大きな蔵になっている。北は仕舞家ふうの家だが、人が住んでいる気配はない。

さらに隣りの提灯屋で訊ねると、

「それはうなじのおかみさんが、老後にそなえて買ったんだそうで。いまは、まだ使っていないみたいですぜ」

ということだった。一まわりした限りでは、舟宿ふうの別邸は、周りからのぞかれる心配もなく、したがって中で何をやっているかわかったものではない。

中には、留守番のような爺さんがいるのが見えたが、暑いからだろう、ぼんやり板の間に腰かけたきりである。

藤村も、堀端が涼しいので、堀をはさんで、中佐賀町のほうの柳の木陰に入った。腰を下ろし、休んでいるふうを装って、うなじを見張る。隣りの柳の木の根元では、犬が一匹、日蔭に入ってハアハアいっている。汗をかいていないのが不思議なくらい、暑そうな顔だった。

まったく、こうも暑いと動くのも嫌になる。定町回りの同心のころは、この時分は一町ごとに油を売っていたものである。

夕方近くなっても、ほかに出入りする者はいない。特別な客がいない限り、こっちは使わないのかもしれない。

「よう」

後ろから声がかかった。

「ん？」

「なんだ、変なやつがうろうろしてるって聞いたけど、藤村じゃねえか」

「柴田かい」

面倒なやつが出てきた。うなじと付き合いの深い、以前の同僚である柴田半左衛《はんざえ》門《もん》だった。

「元気にしてたかい」

「どうにかやってるさ」

「なんか、聞き込んだりしたらしいな」

「そんなつもりじゃねえのさ。この前、食った料理があんまりうまかったものでな。

こっちのほうなら、おいらでも来れるくらいかなと思ってさ」

八丁堀《はっちょうぼり》の同心たちは、町人のような口をきく。自分のことは、おいらと呼び、べらんめえ口調になる。いまは同心をやめたが、三十年のあいだに染み付いた言葉づかいは、そうそう直るものではない。

「無理だな」

と、柴田は言った。

うまくごまかしたつもりだが、向こうも同心である。疑わしそうな目をこっちに向けてきていた。

「おいらが面倒を見てるんだ。ご禁制にかかわるようなことをさせるわけがねえ」

「そりゃそうだが」

「余計な詮索も無用だぜ」

「詮索なんざするもんか」

「隠居はいいもんかい」

「やってみりゃわかるよ」

ちょっと無防備に聞き込みをかけてしまったかもしれない。だが、あいつがああして見張りに出てくるところを見ると、うなじはやはり、何か後ろめたいところがあるのかもしれなかった。

　五日ほどして――。

　島原屋の美佐の使いで、小女がやってきた。

「おかみさんが、これを」

　太夫になるような女は字がうまいというが、流れるような文字で、かんたんな伝言が記してある。

　今日、例の集まりがありそうだという。島原屋はこの日、いそいそしているし、趣味の悪い柄の風呂敷包みを用意している。なぜかうなじに行く日は、その風呂敷包みなのだそうだ。

　柴田に釘を刺されてからは、見張りも気をつけてきた。顔を知られた藤村は、近くには行かず、夏木と仁左衛門が交互にときどき前を通るようにしている。藤村が行くのは、暗くなって、顔を見咎《みとが》められなくなってからである。この五日間、別邸は使われていない。

　だが、今日は早めに行って、客の出入りを見張らなければならない。

「どうしよう」

「いい案がある。舟を借りよう。あそこなら大川の上からでも見張ることができるぜ」

「そいつはいいや」

三人が乗り込むのも芸がない。藤村と夏木が舟に乗り、仁左衛門は地上のほうから暇な隠居を装って見張ることにした。

知り合いの船宿で小舟を借り、大川に出た。釣り客を装っている。藤村たちは、泳ぎこそ好きだったが、釣りは誰もやらない。むしろ、泳いで魚を逃がすというので、釣り人たちからは嫌われていた。

だが、今日は釣り糸を垂らすことにする。

「夏木さん、それより先には行かねえぜ」

二十間ほど離れ、さりげなく横を向いている。

「さすがに元同心だ。見張りはうまいもんだな」

「こんなこと、同心のときは岡っ引きにやらせてたよ」

「あ、あれだ」

札差の島原屋が先に猪牙舟で来た。そのあと、すぐに赤虎屋らしき男が駕籠《かご》で乗りつけてきた。

赤虎屋が店に入ると、待ちかねていたように、五人がぞろぞろと、外に出てきた。湯治場にでもやってきたかのような、のんびりして、楽しげな足取りである。うなじのおかみを先頭に、島原屋と赤虎屋、それにあと二人である。そのうちの一人が手にしていた提灯《ちょうちん》の印を見て、藤村は、

「ちっ」

と、舌打ちをした。とんでもないやつが出てきた。

印は、丸に十の字である。

「あれはまずい。丸に『八』とか、丸に『は』ならいいけど、丸に『十』はだめだ」

西国きっての雄藩の大名家である。

「おそらくご隠居のほうだろう」と、夏木が言った。

あと一人、肥った男はわからないが、大物ぞろいである。

おかみが慣れた手つきで綱を解き、四人が乗り込むと舟を出した。

船頭は使わない。肥った男と赤虎屋が嬉々《きき》として艪《ろ》をこいでいる。船首には島原屋とおかみが立ち、楽しげに話している。

舟は大川を渡り、中洲のあるあたりで碇《いかり》を下ろした。ここらは、浅瀬に乗り上げるのを嫌って、ほかの舟もあまり近づかない。

こっちも、いくら釣り舟を装っても、おおっぴらに接近はできない。柴田あたりがどこぞから見張っているかもしれない。あれだけ釘を刺されたうえでまだおかしなことをやっていると思われたら、柴田のことだから、倅の康四郎相手に騒ぎ出したりもしかねない。

いったん岸にもどると、仁左衛門がやってきた。

「肥ったやつを見たかい？」

「誰だ？　見たことがある気はしたんだが」

「馬蝶《ばちょう》だよ。『本邦三国伝』さ」

いま、売れに売れている戯作である。

「ああ、そうか」

直亭《ちょくてい》馬蝶は一度だけ海の牙に来たことがあった。ちょうど三人もいたときで、戯作者というと、小柄でひょうきんな、幇間のような男を思い浮かべたりするが、馬蝶はでっぷりした体格で、不機嫌そうな顔をした男だった。たしか若いときには、相撲取りもしていたはずである。

「札差に薬種問屋、直亭馬蝶と丸に十だ。ちょっと近づきがたいな」と、藤村は腕を組んだ。

「あとがうるさくなるぞ」

夏木も逃げ腰である。

「長居は無用だぜ」

仁左衛門の言葉に誰も反対せず、早々に退散してしまった。


これまで調べたことを聞かせてくれという文《ふみ》を、島原屋の小女が持ってきた。

今度は三人そろって、二人の来訪を待った。

「やはり、これは断わろう」

「それがいい、藤村」

「あっしらにも、やれることと、やれないことがある」と、三人の意見もまとまっていた。

だが、二人の顔を一目見るや、夏木はでれでれ、仁左衛門も嬉しそうになった。

登美のほうが、手土産を持っている。この前のはやたらと小ぶりだったが、今度のは丸くてやけに大きい。風呂敷の隙間から、すこしだけ緑色が見えている。

「どうでしょう?」

「それが予想とは違ってきましてね」

「何がでございましょう」

「ご主人たちといっしょにお遊びになられる方に、丸に十の字の家紋のお方もいらっしゃいます」

「ああ、お取引させていただいてますから」

と、美佐は、将軍さまならともかく、大名などは単なる客の一人というような調子で言った。

「戯作者では、いまをときめく『本邦三国伝』の直亭馬蝶も」

「たかが戯作者ではありませんか」

と、今度は登美が言った。ああいう軽薄な輩《やから》、という侮蔑が感じられた。

「うっかりすると、途方もないしっぺ返しがきそうで。なにせこっちは、いまやただの隠居。なんの後ろ盾もありません」

「あら、藤村さま。この前は、この手の仕事で失敗したことはないとおっしゃいましたよ」

「そうでしたかなあ」

「ですから、そこをなんとか」

女房二人に頭を下げられた。

結局、矜持《きょうじ》をくすぐられたり、泣かれたりして、

「じゃあ、もう少しだけ……」

と、引き受けてしまったのである。

ちなみに、大きな手土産は、縞模様のない西瓜というめずらしいものだった。

五

次の日──。

いくらなんでも二日つづけての遊びはないはずだが、近所の噂でも聞けるかとうなじをのぞくことにした。仁左衛門は、おさとが心配だというので、この日は来ない。藤村と夏木で、舟を出すことにした。

今日はよく晴れたが、風も強い。夏にしては乾いた風が、大川を横に過ぎて、縦長のさざ波を立てていた。

見せかけだけの釣り糸を垂らしながら、二人でぼんやりしていると、別邸の隣り、おかみが老後のために買ってあるという一軒家から、さあっと一枚の洗濯物が舞い上がった。

白い布が、川の上の青い空をはためきながら飛び、ふっと力をなくしたように、川面に落ちた。

すると、別邸の中から、うなじのおかみが慌てて飛び出してきた。洗濯物の飛んだ方向を目で追い、大川の中ほどまで飛んで落ちたことを確認したらしい。取るのは諦めたらしく、ふたたび中に入っていった。

「おかみのやつ、昨夜は泊まったんだな」

と、夏木が言った。

「そうみたいだ。それより、手拭いが飛んだにしちゃあ、慌ててたな」

「たしかに変だな。手拭いじゃないのかな」

「ふんどしか」

「ふんどしでも慌てすぎだ」

「拾ってみようや」

舟で追いかけた。沈みかけてはいたが、波に揺られて、まだ水面から見えるところにあった。

「それだ、それだ」

竿《さお》の先で拾い上げた。長いさらし木綿の両端が縫われている。使い古したふうはなく、汚ない感じもしない。

「これは、おしめだな」

と、夏木が言った。

「ああ」

「おかみの子どもかな？」

「あそこに子どもなんざいねえよ」

「あのおかみがときどき漏らすとか」

と、夏木が真面目な顔で言った。

「ううむ」

「客のほうかな」

「あの連中がおもらしか」

「あ、まさかなあ」

と、何か思い当たることがあったらしい。

「なんだ」

「わざとするってことはないか、客たちが」

「わざと？　おしめを？　なんのために？」

「甘えるのさ。赤ん坊みたいに」

すこし顔を赤らめたように、夏木は言った。

「わざわざ、おしめをしてか？」

「そのほうが気分も出るだろ」

「なんだ、そりゃ」

「ほら、男というのは女に甘えたいときがあるだろ」

「まあ、なきにしもあらずだが、夏木さんもそうなのかい」

「いや、まあ、それは……」

藪蛇を怖れたのか、夏木もそれ以上は言わない。

夏木に言われてみると、符合するところも出てくる。たっぷり甘えることができたから、豪商たちもさっぱりして、輝きを取りもどすことができるのか。

だが、やはり信じられない。明るい日差しにさらされたうなじの別邸を見ながら、藤村は首を横に振った。

「嘘だろ……」

町奉行所の同心としてさまざまな人間の裏側を見てきたつもりだが、そんなたわけた性向のことは聞いたことがない。

――こういう話は鮫蔵に訊くか。

と、思った。

岡っ引きの鮫蔵が、妾たちにやらせている深川一色《いしき》町の〈甘えん坊〉に来た。

鮫蔵という男は、押しの強さとガラの悪さで、とにかく深川中の人たちから、蛇《だ》蝎《かつ》のごとく嫌われている。海の牙の安治なども、客が寄り付かなくなるのを怖れ、鮫蔵だけは連れてこないでくれと言う。

その分、悪党たちには睨《にら》みがきく。しかも、裏の裏まで精通し、深川で起きているろくでもない事態については、ほとんどすべて摑《つか》んでいるのではないか。それを事件にするか、握りつぶして金にするかは別にして。

それにしても、いくらやっているのが妾たちとはいえ、甘えん坊とは、鮫蔵の顔から想像すると、気恥ずかしくなるくらい凄い名前である。

「あら、元八丁堀の旦那」

顔を知っている鮫蔵の妾が寄ってきた。

「鮫蔵はいねえみたいだな」

「今日はまだ来てませんが、いるところはわかりますよ。揉み治療で、三日に一度はそこに行かないと、身体中が鉄のようになるんだそうです」

「肉の付けすぎなんだよ」

「呼びにやらせましょう」

隅のほうで飲んでいた手下《てか》を呼びにやらせた。

待つあいだ、鮫蔵のことを訊いた。

「鮫蔵ってのは、あんなに町の連中に嫌われてるのに、なんで女にはもてるんだろうな?」

「もてるんですか」

「だって、あんただってそうだし、あれもあれも、鮫蔵の女だろ」

何人かを指差した。

「まあ、そうですが……ああ見えて、道をはぐれたのには優しいんですよ。ひねくれ者なんでしょうね」

「そうかもな。見かけほど悪いやつではないが、畳の上では死ねないだろうな」

そんな鮫蔵とは、数ヶ月前の、げむげむ教という妙な神さまの騒ぎで、なんとなく気脈を通じ合わせていた。

ひとしきり噂をするうちに、鮫蔵が現われた。

「やあ、旦那」

笑うと凄《すご》みが出て、藤村でも怖い。女はさりげなく、いなくなった。

「ちっと、裏道の達人の鮫蔵さんに訊きたいことがあってな」

「達人てほどでもねえですが」

「なんというか、男の隠れた趣味みてえなものなんだが、大の大人が赤ん坊みたいになって、女に慰められる、そういう連中というのが江戸にいるという話を聞いたんだよ」

「…………」

「赤ん坊のように寝転がって、おしめをしたまま、ハイハイしたり、おっぱいをねだったりする。そういう集まりというのがあるんだとよ」

「ありますすねえ」

顔色ひとつ変えず、よそのほうを見たまま言った。

「やっぱりかい」

「あっしも、そんな集まりを見たわけではねえ。あるらしいという話を、二度ほど聞きました。最初はもう三十年以上前で、どこかのお大名にそういう趣味のお殿さまがいたという話です。もう一度は、数年前で、どこかの寺で、何度かそんな会合があったそうです」

「殿さまと坊主かい」

「妙な遊びだもの。食うのにかつかつという連中は、そんなくだらねえことは思いつかねえでしょう」

鮫蔵は吐き出すように言った。

「それっきりかい」

「それっきりです。もし、やってたとしても、別に誰に迷惑がかかるわけでもねえ。あっしらには、どうすることもできねえってもんで」

鮫蔵なら、それでも脅して、金にするくらいはやりそうだが、

「そら、そうだな」

と、いちおううなずいた。

「まさか、旦那もやりてえって」

「馬鹿言うなよ。そういうおめえこそ、この店の名が甘えん坊だろ」

「だから、これは女たちがつけたんだって」

「そうだったな」

藤村でも、からかって鮫蔵を怒らせるのは気がひける。それくらい、迫力がある。

「なかなか難しいらしいですぜ」

「何が？」

「母親役の女がです。赤ん坊になるほうは、つまりは母親を求めているんですよ。ところが、そういう男の気持ちをしっかり理解してくれる女がいない。どこかで、気持ちの悪いジジイだと思ってしまうし、そういう気持ちは赤ん坊の側もすぐにわかってしまう。それだと興醒めだ」

「なるほど」

「結局、あっしが聞いた集まりも、母親役の女に恵まれなくて、やめになったそうです」

だが、うなじのおかみなら、そういう役をやり遂げられるのではないか。

「それにしても、人間というのは驚いたもんだな」

「そんなんでですかい？　そんなもんで驚きましたかい？　旦那、人間の趣味嗜好てえのはキリがありませんでね。赤ん坊になるなんてえのは、まだ罪がねえ。とんでもねえものや、信じられねえものまでありますぜ。人間てえのは、どっかおおものところが腐ってきてるんじゃねえかと思ってしまうくらいです」

「ほう」

「聞きたかったら、いろいろお教えしますぜ。案内もしますぜ」

鮫蔵は、藤村の肩を叩いて笑った。

「いや、やめておこう」

さすがに少し寒気がした。


「とりあえず、あの四人の毎日をじっくり見さしてもらおうぜ」

と、藤村は夏木と仁左衛門に言った。いったい、何があの男たちに、赤ん坊になりたいだなんて思わせるのか。それを美佐と登美に伝えてこそ、依頼された仕事は終了するはずである。

まずは、夏木と仁左衛門で、蔵前の札差・島原屋を見張った。

見張りはじめてすぐにわかったのは、とにかく、島原屋が忙しすぎるということだった。

そもそも札差というのは、ただ単に、米を金に替えて、規定の手数料をもらっているだけではない。その実態は高利貸しであり、さまざまな面倒を抱えこむことにほかならない。利益は莫大でも、右から左に儲かるものではなく、実際、札差をやっていけなくなり、廃業する者はあとを絶たなかった。

島原屋に客はひっきりなしである。面倒な取立てには、自分も同行するらしい。眠いらしく、何度も生あくびをこらえている。よほど金が好きでなければ、あんなには働くことはできない。

「あれじゃ疲れるぜ」

と、同じ町人の仁左衛門も、呆れた顔をした。

奉行所にも近い赤虎屋も、夏木と仁左衛門が担当した。

こっちも忙しさではひけを取らない。しかも、客一人ずつに小僧よりも低く頭を下げるのである。

身体の具合もよくないのではないか。店の品物を始終、煎《せん》じては、自分でも飲んでいる。効《き》くことは、あたしが保証しますよなどと言っている声も聞こえた。

嫁よりもずいぶん年上の倅二人が、小僧のようにこき使われているのも凄い。

「うちの倅なら逃げ出すよ」

と、仁左衛門はむしろ感心し、

「気休めも欲しくなるはずだ」

と、同情までした。

丸に十の字の某藩は、藤村と夏木で追いかけた。知り合いに、隠居したこの藩の元用人がいたのを思い出し、手土産を持って話を訊きに行った。

「先々代の殿がひどい浪費家でな。いや、わが藩に馬鹿殿なしと世間でも言われるように、けっして愚かなわけではない。むしろ、あらゆることに興味を持ち、藩内で研究させた。南蛮の技術を上回ることが、国防の基本だというお考えだったからな。その結果、借金がふくらみ、利子すら払いきれなくなった。いまの殿は、気の休まるときがあるまいな」

「大名も楽じゃないな」

と、藤村と夏木は、わが身の軽さを感謝したほどだった。


そして、直亭馬蝶については、藤村と仁左衛門で直接、版元に訊きに行った。七年前に『本邦三国伝』を書き出し、これが当たりに当たりを取った。以来、続編を書きつづけているという。

「大変なんだろうねえ」

「そりゃあ、そうだよ。ときどき、辛くて泣きながら書いてるぜ。読むほうはあっという間だが、書くほうはそんなわけにはいかねえ。いろいろ辻褄も合わさなくてはならねえし、ありもしねえことをあったように書くには、いろんなことを調べたり、考えたりしなくちゃならねえ。おれたちが駄法螺ふいてるのといっしょにしたらかわいそうだぜ。ほれ、見てみねえ。先生がまた、さまよいだしたぜ」

馬蝶のあとをつけてみた。気難しい顔で通りを歩きながら、ときおり立ち止まっては、懐《ふところ》から出した手帖になにか書き付けたりしている。ときにはなにやらブツブツつぶやいたりもする。あるいは、髪をかきむしったあげく、大きなため息をついたりする。馬蝶と知らなかったら、頭のおかしいやつとしか思えないだろう。

結局、四人が四人とも、ひどく疲れているのがわかった。それは、悲哀と呼びたいほどだった。


この数日の調べで、藤村もへとへとに疲れて家にもどった。倅の康四郎の帰りも待たずに、茶漬けを二杯かっこんで、そのままごろりと横になった。

睡魔の中で、甘えるというのを想像してみる。さぞ、いい気持ちなのだろう。

自分も忙しい時代はあった。とくに、隠密回りだったとき、密輸の一味を探るというので、荷揚げ人足の小屋に泊まりこんだときはきつかった。いや、それよりも、現場を離れて、書き役にいたときがきつかった。

あんなとき、甘えられる女でもいたら、気持ちの負担はずいぶん軽減できたのかもしれない。

加代には、そういうところはない。変に甘えてきたりもしないかわりに、こっちにも甘い顔はしない。

そんなことを考えるうち、いつの間にか寝てしまったらしい。

途中、起こされて寝間に入ろうとしたとき、

「お前さま。なんだか笑いながら、気持ちよさそうに寝ていましたね」

加代にそう言われた。

「笑いながら？」

「ええ。まるで子どもみたいでしたよ」

加代は嬉しそうに微笑《ほほえ》んだ。

六

この前の会合から半月ほどして——。

島原屋の美佐から、報《しら》せがあった。今日、例の会合に出かけそうだという。

「今宵も川に出るのかな」

と、夏木が言った。

「そうしてくれたほうがいい。家にこもられると、探りようもねえ」

「船に近づくのかい？」

仁左衛門は心配げである。

「そうしようぜ。泳いで近づけばわからねえよ」

期待どおり、うなじのおかみは船を出した。

今宵は、馬蝶がおらず、島原屋と赤虎屋、それに丸に十の字のご隠居だけである。

天気はよくない。雨も落ちてきた。だが、夜景や花火を眺めるわけでもないから、雨など気にはならないのだろう。

舟遊びの船は、もう少し上流のほうでうろうろすることが多い。深川に繰《く》り出す連中でさえ、せいぜい大川の河口あたりまでである。

だが、うなじの船は、今宵はもっと沖合いに出ていった。櫓を漕いでいるのは、今日は赤虎屋らしい。

佃島の裏手まで行き、碇を下ろした。藤村たちは、あまり舟を近づけずに、佃島の島影に隠れるようにしながら、屋形船の動きを確かめた。

「よし、仁左、ここから行くか」

「あいよ」

ふんどしひとつになって、舟から海に入る。やはり冷たい。だが、夜の水泳ぎもずいぶんやってきたし、ここらはどこに洲《す》があるかも知りつくしている。

「じゃあ、夏木さんはここで待っててくれ」

「気をつけろよ」

静かにゆっくりと船に近づいた。横腹にとりつき、耳をすませた。

声がしている。

「あーあ、おもらしもしちゃって。気持ち悪いの？」

「あう、あう」

おかみの声は、じつに優しい声である。鮫蔵は、連中が母親を求めるとは言ったが、母親だって、あんな優しい声は出すものか。いちいちあんな声を出しながら、赤ん坊なんて育てられるわけがない。

母親を超えた菩薩のような、大きな優しさとでも言おうか。寛容で、慈愛に満ちている。穏やかな沖の海で、ぽっかりと浮いているときの感じに近いだろうか。

この会を成り立たせているのは、うなじのおかみの魅力だった。

それに比べて、男の声の気色悪さときたら！

「いま、おしめを替えましょうね」

「ぱぅう、ぱぅう」

だみ声が赤ちゃんのような声を出した。

寒気がした。赤ん坊になりきっているのだ。だが、顔を想像すると、笑いも浮かんだ。馬鹿馬鹿しいが、当人たちはそうは思わないだろう。真剣にやっているのだろう。そうでなかったら、恥ずかしくて、とてもできたものではない。

寒くなってきた。水面の上は風があるので、できるだけ深くもぐりたいが、そうすると声が聞こえない。船べりに手をかけ、懸垂《けんすい》の要領で顔を持ち上げる。

障子は締めきっておらず、隙間から中が見えた。

裸の男たちが三人、おしめをして横になっている。手足は伸ばしきらず、肘と膝を丸めている。あたかも、赤ん坊が仰向けになるように。

しばらく見ていると、男たちはおしめを替えられ、おかみの乳を口にふくませてもらい、やがて寝息を立てはじめた。おかみはこっちからは後ろ向きだが、その寝顔をやさしく見つめているらしい。

動きがなくなると、藤村と仁左衛門も水中にもどり、次の行動を待った。たぶん、それほど長い時間をかけたりはしない。連中は忙しいのだ。慰めの時間も慌《あわただ》しいはずである。

せいぜい四半刻ほど経ったか。屋形の中でごそごそ動きはじめるのがわかった。またも、懸垂して、中の声を盗み聞きする。

「のう、おかみ」

と、今度は普通の声にもどっている。

「どうかなさいました？」

「この前の頼みだがな」

「ああ、国許に帰られるのですね」

これで相手はわかった。丸に十の字しかない。

「いっしょに行ってくれるな」

そう言うと、ほかの二人から、

「なんですって」

「それはないでしょう」

と、不満の声があがった。

「なあに、一年のあいだだけだぞ。また、来年は帰ってくるのだ」

そういうところからすると、このお人は隠居ではなく、ご当主なのか。大名は、一年ごとに江戸と国許を行き来するのだ。

「お殿さま。それはわがままというものでしょう」

「わがままで申しておるのではない。おかみも一年ほど、景色のいいところでのんびり過ごしたほうが心も休まると思ったのじゃ」

「ちょっとお待ちを。それでは、要は一人占めではないですか」

「赤虎屋、大人げないぞ」

「どっちがですか。わたしも認められませんぞ」

と、赤虎屋も一歩も引かない。大大名に、二人の豪商が一歩もひかずに異議を申し立てている。これは、豪商の力というよりは、うなじのおかみに対する強い思いが勇気をつけているのではないか。

「わしに逆らうのか」

「お殿さま……」

おかみのおろおろした声がした。

「お殿さま。手前どもが立替になっている額を、よもやお忘れではございませんでしょうな」

島原屋が大声を張り上げた。

「ううう……それは三年以内に何とかすると申したではないか！」

「手前も言わせていただきたい。お国の財政難を救う柱の一つに芋焼酎があるが、これに薬用の効果があると言い立てて、江戸で売れるようになったのには、手前どもがずいぶんとお役に立っているはずですぞ」

「こら、赤虎屋。損しているようなことを申すな。きさまは儲かっているではないか」

「何をおっしゃいますか」

「無礼だぞ、こら」

「そちらが無体《むたい》でございますよ」

「こいつめ」

「何をなさる」

互いに激昂し、つかみ合いになり、どどっと船べりに出てきたかと思ったら、三人がもつれ合って落ちた。大きな水しぶきが立つと同時に、

「うっぷうっぷ」

「助けてくれ」

「泳げないのだ」

ばしゃばしゃと音を立てながらもがき出した。

船の上では、おかみが、

「あら、まあ、誰か来て」

と、なすすべもない。

藤村たちは水は大得意である。

こちらの騒ぎを見て、夏木も飛び込んできた。

三人はあやうく沈んでいくところだったが、どうにか助け上げた。

「まあ、なんという……天の助け……」

藤村たちは、いちやく命の恩人ということになった。

助けてくれたお礼というので、藤村たちは、うなじでごちそうしてもらうことになった。ただし、別邸ではなく、元大工町のほうの店である。こちらは、ひたすら品がよくて、怪《あや》しげな雰囲気はまるでない。

「本当なら、あのお三方もお礼のご挨拶を申し上げなければならないのですが」

と、おかみは頭を下げた。

「なあに、そんなのはいいってことよ」

藤村は笑った。顔を見せられるわけがない。

おかみは、お三方の名前は言わない。こっちも訊かない。ただ、藤村たちが島原屋と赤虎屋のおかみたちに頼まれたことは、想像がついたらしい。

「驚きましたでしょ。あの恰好《かっこう》には」

おかみは、自分がそんな恰好をしたように、顔を赤らめた。

「なあに。そういえばさ、このあいだ、若い母親が赤ん坊を抱いているのを見たときに、おいらも赤ん坊になって、このころから人生をやり直したらどうだろうと、思ったことがあったっけ」

藤村がそう言うと、夏木と仁左衛門は、へえと驚いた顔をした。

だが、それは嘘ではない。ただ、そのときの気持ちは、赤ん坊になりたいというよりは、人生をもう一度、試みてみたいという気持ちのほうが強かった。

「そうですか、藤村さまが」

「似たようなものなのかね」

「どうでしょうか。人の心はずいぶんと複雑でございますから」

そう言ったおかみの顔には、柔らかい笑みが浮かんだ。

——この顔に慰められるんだな。

と、藤村は思った。

「みんな、赤ん坊になるのかい？」

「いいえ、赤ん坊とは限りません。二、三歳くらいの幼児になりたい人もいれば、五、六歳くらいのやんちゃ坊主になりたい方もいらっしゃいます。いちばん幸せだったころにもどりたいのでしょうか。人それぞれでございますよ」

ということは、あの四人のほかにもまだ、ああいう仲間はいるということである。

「妙なことを始めたもんだな」

「きっかけは、たまたまあたしの妹が赤ん坊を連れて遊びにきて、その子をあやす声を島原屋さんが聞いたのです。すると、すごく慰められる思いがしたのだそうです。最初はもちろん、遊びのような気持ちでした。でも、いつの間にかだんだんやりすぎのようなことになって……おかしなことになっているという思いはみんな、あったと思います」

「なるほどな」

「疲れているんですよ」

「まあな」

「並外れた仕事をなさる方は、並外れて疲れるのです」

「ううむ。おいらだって疲れてるけどね」

藤村のつぶやきには答えず、

「ご内聞にお願いできるのでしょうか」

とおかみが訊いた。

「そりゃあ、そうだ。別に悪事を働いたわけでもねえし」

そう言うと、おかみは静かに頭を下げた。

若くきれいな、島原屋と赤虎屋のお内儀にも、ある程度の真実は告げておいた。

「甘えさせる稽古もいたします」

という、かわいい返事も聞くことができた。

ただ、おしめをするということだけは言わなかった。というより、言えなかった。

「まあ、人間、自分だけが当たり前で、まっとうなつもりでいるが、よそから見ると変だというやつだらけだしな」

と、藤村が言うと、

「まったくだ。きっと、わしらもそうなんだろうな」

と、夏木が笑った。

「ああ。夏木さんなんざ、旗本でも一、二を争うくらいの変わり者だ」

「おいおい、仁左」

三人のやりとりに、うなじのおかみがぷっと吹いた。

「よい、お仲間ですこと。あの方たちも、みなさんのようなお仲間がいたら、あんな……」

おかみはそれ以上言わなかったが、言いたいことはわかった。

——もしかしたら……。

これからの暮らしでいちばん大事なのは、いい景色よりも……。

藤村はそのことを口にしようとして、やめにした。いい歳をした男が、そういうことを口にするのは、恥ずかしい気がしたからだった。

第二話　森の女

一

藤村たち三人は、今宵は海の牙ではなく、初秋亭の窓辺で酒を飲んでいた。海の牙の安治が、夏風邪にやられたらしく、熱を出して、店を休んでいるのだ。

かすかに波の寄せる音がして、潮の匂いの強い風が吹き込んできている。風が入れば、この家のしかけで、笛の音が低く流れる。この音も心をなごませてくれた。

だいたいが、暑い夜は初秋亭のほうがいい。前を流れる大川の川風や江戸湾の海風が夜通し吹き込んできて涼しい。昼に西日で熱せられた屋根や壁も、この川風海風で早めに冷めてしまう。

ここらはほとんど海の水だから、蚊もわかない。したがって蚊帳《かや》を吊る必要もなく、風はますます心地よい。しかも、この家自体が風の通りをしっかり考えていて、じつに寝やすいのである。

まだ宵《よい》の口《くち》だが、ここらは静かである。ときおり提灯を灯《とも》した屋形船が、ゆっくりと鉄砲洲あたりを横切っていく。日本橋界隈の商人たちが、深川にでも繰り出した帰りなのだろう。月の光の下、さざ波がかすかに煌《きら》めく水の上を、赤く色づいた屋形船が水脈《みお》を引いてゆく光景は、ここだから眺められる景色である。夜空の雲のかたちは細切れではなく、雄大にかたどられていて、派手な遊びをしてきたはずの屋形船が、ちっぽけな人生そのものにも見えた。

「景色がいいと、酒がうまいな」

夏木権之助が、めずらしくしみじみとした調子で言うと、

「まったくだ」

と、藤村が窓辺に寄り腕をのせたままうなずいた。

七福仁左衛門はさっきから手帖に発句を書きつづっている。この景色と酒で興《きょう》がのったらしく、恐ろしい速さで筆を動かしている。仁左衛門の俳諧は、とにかく数をたくさんつくることを第一とする。最初のころは、藤村も夏木もこの勢いには、なかば呆れ、なかば感心したものだったが、いまではのぞく気にもなれない。

「酒はまだ、あったかな」

夏木が空の五合どっくりを持ち上げると、藤村がうなずいて、階下を指で示した。夏木は立ち上がって、自分で取りに行く。ここでは、大身の旗本も元同心も大家《おおや》もない。遠慮もないし、自分のことは自分でする。

「きゅうりがあった」

夏木は酒といっしょに、ひどく曲がったきゅうりを三本持ってきた。これも酒の肴《さかな》である。海の牙の安治じゃないから、凝《こ》ったつまみなどつくれない。イカの干物を炙《あぶ》ったのと、冷ややっこだけで飲んでいた。

「この前、聞いた話だがね。長源寺《ちょうげんじ》という寺が、高橋《たかばし》の向こうにあるだろ……」

仁左衛門がふと、思い出したように語りはじめた。

「あそこの住職が寝ていると、夜中にどこからか、声が聞こえてきたんだそうだ。まちがえた墓に葬られました、本来の墓に入れてくださいってな。まちがえたと言われても、どの墓のことかわからねえや。だから、それなら案内してくれって、声のするほうに言ったんだそうだ。するとね、窓から見える向こうの墓場の一画に、ぼーっと青白い光が漂っていたんだと。あそこはこのあいだ亡くなった、およねさんの墓ではないか。まだ、新しい墓で、墓石も間に合わず、卒塔婆が立っている。住職は提灯でその字を照らしてみた。すると……」

仁左衛門の声がどんどん低くなったところで、

「おいおい、大の大人を捕まえて怪談話かあ」

と、夏木が呆れて声をあげた。

「そうだ。そんな話は、明日帰って、おさとにしてやれ」

藤村もつまらなそうに言った。

「なんでえ、つづきを聞きたくないのかい？」

「わしはいい」

「おいらもけっこうだ。それより、その怪談話で思い出した。湯屋《ゆや》の二階で変な話を聞いたんだ。深川のはずれというか、西平野町にある森に、裸の女が住んでいるんだそうだ」

と、藤村が言った。

「西平野町？」

夏木がどきりとした。小助を住まわせているところである。だが、森に住む裸の女のことなど聞いたことはないし、だいいちあのあたりに森なんてあったかどうか。

「嘘臭いねえ。大方、気のふれた女がいただけじゃないのかい」

と、怪談話を軽くあしらわれた仁左衛門が、ことさらつまらなそうに言った。

「いや、それは見てみたいものだのぅ。おそらく狐か狸じゃないのか。上野の森のほうでは、近頃、しきりに出るとは聞いていたからな」

夏木のほうが興味を持った。

「おいらは、その話を聞いたとき、スケベ心だけじゃなく、ああ、いいなあ、と思っちまったぜ」

「いいなあとは、どういう意味だ、藤村？」

「うん。いまは新月だけどさ、もうちょっと明るい月の光が差し込む森の中で、裸の女を見たなら、さぞ美しいだろうと思ってさ……」

藤村の甘美な空想だった。そのときの女の肌は、青白く、なまめかしく輝いているはずである。

「町方や鮫蔵あたりは動いてるのかい？」

「いや、動かれたら困るさ。そりゃあ無粋《ぶすい》ってもんだ。もし、本当でもそのままにしてもらいてえや」

自分だって、少し前までは町方の人間だったくせに、夜の鉄砲洲を眺めながら、藤村は同心時代を忘れたように、そう言った。少し酔いすぎたとき、こういう甘美な夢のような話を楽しむ癖が、藤村にはある。

三人ともしたたかに酔って、そのままごろ寝になった。

寝付いたはずなのに、藤村はまもなく目が覚めてしまった。すぐわきで夏木の凄まじいいびきが鳴り響いている。いつもなら、いびきを遠慮して階下で寝るのだが、今宵はその前に寝込んでしまった。

――こりゃあ、たまらんな。

藤村のほうが、階下に降りた。

そんなことをしていたら、目が冴《さ》えてしまった。

藤村はわずかな月明かりに浮かんだ庭を見ながら、思い出していた。

それは女房の加代のことである。

もう五年ほど、一つ布団に寝ていない。まったく欲望が消えたわけではないが、古女房にはそそられない。女房は、森の女にはなりえないのだ。といって、わざわざ吉原や岡場所あたりに遊びに行くつもりもない。

――おいらは、このまま枯れるのか。

役に立たないものをぶら下げて歩くことになるが、それでもかまわない気がする。夏木のような精力は、もともとなかったのだ。

――加代だって……。

と、そう思ってきた。

ところが、数日前、若いときの思い出のものが、寝室にあった。

それは、藤村と加代の閨房《けいぼう》での記憶につながる香りだった。ある枯れ草を燃やすと出る匂い。藤村は若いころに、その匂いをかぐとなぜか情欲がそそられた。それでわざと、その草を燃やしたりもした。

その匂いが、寝室に満ちていたのだ。

――あれだ。

すぐに思い出した。だが、若いときとちがって、情欲などまるでそそられない。むしろ嫌な匂いである。

加代はじっと横になっていた。だが、起きているのはわかった。

なんのつもりなのか。

いささか気味が悪い。

空気が重かった。

――女もなかなか枯れぬらしいな。

ふと、そう思ったものである。

加代は本気だったのだろうか……。いま、夜風に揺れる初秋亭の庭の植栽《しょくさい》が、まるで生きているように見えている。

そういえば、八丁堀にはさまざまな伝説があり、そのひとつに大岡越前守《おおおかえちぜんのかみ》さまの母親の話があった。大岡さまが、女の妄執について思案をめぐらしたおり、

「おなごというのは、いくつまで男を欲しいという気持ちがあるのでしょうか」

と、よりによって母上に尋ねたというのだ。

母上にそのようなことを訊くというのも凄いが、さすが大岡さまの母なのか、ちゃんとその答えを出した。ただし、口にはしない。手にしていた火箸で、そっと火鉢の灰をかきまわした。

大岡さまは、それで答えを察知した。

「おなごは灰になるまでか」

藤村は、同僚からはじめてその話を聞いたときは、ただ、大笑いしたものである。

しかし、今宵は笑うどころか、なんだか粛然とした気持ちになるのだった。

二

翌日の夕方――。

夏木は仁左衛門を西平野町に連れてきた。

「ここらもいい町並みですねえ」

「そうだろう」

と、夏木も自慢げな顔をした。初秋亭のある熊井町のような雄大さはないが、掘割の両側に柳の木が立ち並ぶようすは、おだやかで優しい居心地のよさを感じさせる。

「じつは、仁左に、あらためてわしの女を見てもらいたいのだ。ほれ、以前、ちらりと会ったことがあるだろう」

「そうでしたっけ」

「砂村《すなむら》の神社で」

「ああ、あのときの芸者」

夏木は奥方をともなっていて、ふいに現われた芸者にあわてふためいた。そのあわてぶりがあまりにひどかったものだから、女の顔はろくに確かめなかった。

「それで、品定めするのですかい？」

「そうではない。あの女がわしのことを、どんなふうに思っているのか、それが言葉や態度の端々《はしばし》ににじみ出るだろ。それを仁左の目で見て欲しいのだ」

「なるほど」

「こんなことは、藤村には頼みにくい。あの男は意外にカタブツだろう。女を見る目はなさそうだし、軽蔑されるような気がする。そこへいくと、仁左衛門は若い嫁を孕《はら》ませるくらいの元気者だからな」

「ほめてるのかい、夏木さま？」

「ほめてる、ほめてる」

「ま、いいか。どうせ、あっしは暇だしね」

「おさとはどうだ？」

「ええ。とりあえず赤ん坊は無事に腹の中でおさまりがついたみたいだね。しかも、気持ちも落ち着いてきたみたいでしてね。あっしの浮気をやけに心配していたのが、変に落ち着いて、近頃では、やれるんなら、やってごらんよ、と、こうですからね」

　今日も出がけに見ると、赤ん坊の肌着を縫っているところだった。腰を下ろしたようすが、やたら安定感があって、三十も歳下とは、とても見えなかった。

「それは自信だな」

「そうですかね」

「そう。女は子を産むと自信を得て、魅力を失うのだ」

「奥さまに聞かせたいなあ」

「よせ」

小助の家が近づいてきた。掘割と通りに面した二階家で、家賃はけっして安くはない。隠居の身になった夏木には、それなりに捻出するのも大変な額なのである。

「いるかのう。いま時分、湯に行ってることもあるからなあ」

だが、二階の窓辺に腰をかけていた。

「あ、いた、いた」

「あの人だね」

以前、買ってあげた目玉焼きの柄《がら》の浴衣《ゆかた》を着ているが、湯上がりの顔ではない。

何か、大事そうに抱えている。

窓の下に行くと、声をかける前に気づいた。

「あら、夏木さま」

「何を抱えているのだ？」

「仔猫ですよ。かわいいでしょ」

　持ち上げて見せた。小さな三毛猫である。

「あたし、飼うことにしたの」

「生まれたてか」

「いいえ。ひと月くらいしたのをもらったの。ちゃんと、おしものしつけもできてるわ」

　小助は仔猫に頬を寄せながら、

「そちらは？」

　と訊いた。仁左衛門のことである。

「わしの昔からの友人でな。そういえば、小助、そこの裏の森に裸の女が出るという話を知っているか？」

「ああ、そんなこと聞きましたね。やあね、お二人でその裸の女を見に行こうというんですか。いやらしいったら」

　ぷんとして行ってしまった。

「どうだ、器量はまあまあだろ」

「いやあ、てえした別嬪《べっぴん》ですねえ。しかも、夏木さんにべた惚れじゃないの」

「そうかなあ」

「やあね、ぷん、なんて言わせて、憎いなあ」

まもなく、小助は猫を置いて、もう一度、顔をのぞかせた。

「おあがりになって。お友だちも」

「いえ、あっしは急ぎの用事がありますので」

と、頭を下げ、夏木に小声で囁《ささや》いた。

「大丈夫ですよ、あの子は」

一目見ただけで、相手の性格などわかるわけもないのに、夏木の心配を除いてあげたくて、こんなことを言ってしまう。これが商人根性なのだろう。仁左衛門は、自分のそういうところが、あまり好きではない。

だが、夏木は仁左衛門の言葉にすっかり安心した。

「じゃあ、わしはこっちに泊まる」

「へえへえ、あっしも今日はおさとのところに」

その夜――。

森の女を夏木が直接、見かけてしまった。

昼間見ると、森というより林と呼んだほうがいいくらいの木立である。近くに木が繁茂するようなところがないので、このあたりでは森と呼んでいるのだ。ほとんどが雑木で、冬になると薪《たきぎ》を取りに来る者もいる。

だが、夜の中では、深々として、倍くらいの広さになったように感じる。森と呼んでも、充分、しっくりいく。

ここは、札差が隠居家をつくるため買い取ったとか、因縁つきの土地だから誰も買わないのだとか、いろいろ言われている。そのわりには、柵もなければ、見張りもおらず、みんな勝手に出入りしている。

夏木がその森に入ったのは、夜になって、小助の仔猫がいなくなったからである。

「森に行ったんじゃないかしら。夏木さま、見てきてくださいな」

そう言われて捜しにきた。

「若さま、いるか」

若さまが、猫の名前である。なんという名前をつけたのか。

だが、名前を呼ばないと出てこないという。

「若さまなんて呼んでいられるか。ばかさま、ほらほら、ばかさま。早く出てこい」

と、自棄《やけ》になって言った。

そのとき、五間ほど向こうに、女の裸体が木陰に白く浮かび上がった。本当に女だった。この森に住むという噂の、裸の女だった。

薄い襦袢を一枚はおっているから、素っ裸ではない。だが、肌が透けるくらいの薄さで、それがまた素っ裸よりもなまめかしい。

——出た……。

目を瞠《みは》り、息を飲んだ。

あれは、踊っているのか。海の中の海草のように揺らめいて見える。

小さな光も舞っている。蛍である。後ろの大名屋敷の中に清流があり、そこで育ったのが出て来ているのだ。

夏木は腰をかがめ、そっと近づいてみる。

蛍の光を二つ、三つほど身体にまとわりつかせるようにしながら、女は動きつづけている。やはり、踊っているらしい。扇子を持っているような、手の動きもする。

しかも、たいそう色っぽい。

——顔が見たい。

手拭いで顔を隠している。それでも、正面を向いてくれたら、顔立ちはわかる。だが、こっちを向くことはなく、下を見たり、横を向いたり、巧みに正面を避けている。いい女であることは、正面を向かなくとも想像がつく。それも、とびきりのいい女なのだ。

蛾や羽虫が光に吸い寄せられるように、夏木もふらふらと近づいていく。女は木の陰を縫うように、巧みに遠ざかる。夏木がいるのがわかったのだろうか。小走りに近づこうとすると、ふいに誰かとぶつかった。

「あいたた」

別の男と鉢合わせしたのだ。武士ではない。町人の若い男である。こいつも、噂を聞いて、見に来た一人だろう。

「いま、そこに裸の女が」

と、夏木が言った。

「あっしも見ました。驚きましたね」

二人で、そろそろと進んだ。だが、もういない。いままで、そこにいたのに……。

「いたね、いたね」

そっちでも誰かが言った。これも見物人である。肥った中年のおやじで、いかにも好色そうである。

「いるんだねえ、ほんとに」と、そのおやじが言った。

「ああ、たいした美人だったのぅ」

夏木もうっとりしてしまった。

――それにしても、どこに消えたのか。

森の北側は大名屋敷だが、高い築地塀《ついじべい》で行く手をはばんでいる。右手のほうに向かったようにも見えたが、そっちには肥ったおやじがいた。

三人で、木の上などを覗き込んだが、見つからない。

「やっぱりお化けかね」

「あれがお化けなら、夜中におれっちのほうに、出てきてもらいてえや」

町人二人はそんな冗談を言い合い、帰っていく。夏木も、首をかしげつつ、森の外に出た。

小助の家のほうにもどってくると、みゃあと小さな鳴き声がした。仔猫は森ではなく、小助の家の裏手にいたのだ。

「ほら、やっと捕まえた」

仔猫を差し出したが、夏木は小助に裸の女を見たことは言わなかった。きれいだったなんて言って、変にへそを曲げられるのも嫌だし、あんな色っぽい女のことは、秘密にしておきたい気分だった。

三

「よう、安治、どうだい？」

藤村は、海の牙の入り口から、奥に声をかけた。安治は店の奥にある一畳ほどの板の間で寝泊まりしているのだ。

返事はないが、奥で誰かが動いている気配があった。

「安治、大丈夫か」

「ええ、それが……」

女の声である。奥から、日焼けした女が顔を出した。前に、何度か見たことがある。安治の倅の嫁だった。

「寝てるんです。具合が悪くて」

「まだ、よくならねえのかい？」

数日前に見舞ったときは、「明日あたりから起きられそうだ」と言っていた。だが、今日の昼間、通りかかったときも、まだ、店を開けるようすがないので、夜になってから心配になって来てみたのである。

顔を見ようと、奥に行った。

饐《す》えた臭いが満ちている。小さな窓があり、いちおう風は通るようだが、安治の身体がよほど強く臭っているのだ。

安治は横になって寝ていた。息が荒い。額に手を当ててみる。熱でふくらんでいるように感じた。

「ひどいな、熱が」

「ええ、大丈夫でしょうか」

安治の倅の嫁はおろおろしている。

「寝っぱなしかい？」

「いえ、さっき粥《かゆ》を茶碗に半分ほど食って」

「そうか」

それだけでも、食えればいい。

突然、安治がうなされた。

「たけじ！　綱で縛れ」

「誰のことだい」

「たけじさんは、うちの亭主の弟で、二番目の息子ですよ。海で死なせちまったから」

「そうだったのか」

初めて聞く話だった。

「海は大好きなのに、恨むようにもなって。海の牙なんて、恐ろしげな店の名前は、きっとそういう思いからなんでしょうが」

そういえば、安治から聞いたことがある。そのとき、安治はめずらしく酔っていて、「人はしばしば、好きなものから酷《ひど》い仕打ちを受けたりする」と言ったのである。それはこういうことだったのだ。

「医者に診《み》せたほうがいいな」

「はい」

倅の嫁は、辛そうな顔をした。診療代が不安なのだ。自分だって医者になんてかかったことはないのだろう。

「知っている医者がいる。呼んできてやる。診療代は心配するな」

藤村は外に出た。伊沢《いざわ》町の裏長屋にいる寿庵《じゅあん》という医者を呼んでくるつもりである。仁左衛門がひいきにしている医者で、いまは女房もときどき診てもらっている。

おもに蘭方を学んだそうで、診立《みた》ての確かさは評判だった。

伊沢町に入って、寿庵の家を聞くとすぐにわかった。裏長屋の入り口の家で、腰高障子に『蘭方・寿庵』と書いてある。その戸を揺さぶるように叩いた。

「寿庵先生、起きてくれ。おい、寿庵先生……」

返事がない。中で人が動く気配もない。しかし、心張棒《しんばりぼう》がかかっていることからも、中にいるのはまちがいない。

「おい、起きろ。こら、寿庵」

大声を出すと、ようやく声がした。

「なんだ、やかましいなあ。わしは昨夜、徹夜で病人を看病したのでな、今日はもう寝たのだ」

「医者に眠る資格なんざあるもんか」

「なんだと」

「七福堂の友だちが死にそうなんだ。しかも、おいらは、元定町回り同心だ。てめえが診ないまま、死んだりしてみろ。永代橋から周囲一里の中で、どんな評判が立つか、想像してみるといいぜ」

「わかった、わかった。しょうがないのう」

顔を出した寿庵の目が、ぶっくり腫《は》れている。徹夜の看病というのは、嘘ではないらしい。

「連れてきたのか」

「いや、熱で動かせねえ。永代橋のすぐわきだ。来てくれ」

「じゃあ、ちっと待て。風邪か？」

「たぶんな」

寿庵はすばやく幾種類かの薬を箱に入れはじめた。

藤村は、通りに出て、支度するのを待っていた。夜空は晴れている。月を眺めているうちに、また、安治の台詞《せりふ》を思い出した。

「好きなものから酷い仕打ちを受けるってか」

人生は、そんなことばっかりのような気がする。

左手の坂田橋《さかた》のたもとで、聞き覚えのある女の声がした。ふと見ると、入江かな女がいた。男と言い合いをしていた。だが、かな女があんなふうに、往来で男をなじったりするものだろうか。もしかしたらちがうかもしれない。

「男役じゃ芽が出そうにねえもの」

「諦めるのは早いだろ」

「いっそ女形《おやま》になる」

「また、すぐ道を変える」

「悪いかよ」

「師匠を替え、小屋を替え、今度は女形になるの」

「…………」

「そんな甘いもんじゃないだろ」

女の口調は厳しかった。その声はやはり、かな女だった。

「どこだ、おい、元同心」

後ろで寿庵先生が大声で喚《わめ》いた。

「こっちだよ、先生。急げよ」

「わかってるよ。そう、急《せ》かすなって」

かな女が、ちらりとこっちを見たようだった。

四

それから五日ほど経って――。

藤村は句会に少し遅れてしまった。この日は、八丁堀の自宅で寝たが、加代も、中間《ちゅうげん》も、出払ったらしい。誰も起こしてくれず、寝すぎてしまったのだ。

「まことに申し訳ない、面目ない」

と、謝りながら、句会をしている五間堀沿いの三光院《さんこういん》に飛びこんだ。

このところ、寺でやる句会が多い。かな女の弟子に、僧侶が多くなっているという噂は本当らしい。

夏の寺の庭は、緑にあふれていた。真ん中に小さな池があって、蓮の花が咲いている。すでに昼近くだが、日陰にあるのでまだすぼまないでいる。

そう暑くはない。とろんとした空気に包まれている。

とくに題はないと聞いていた。藤村はそのほうが難しい。手帖を手に、参加者の中に入った。

今日はなんとなくおっとりした雰囲気が漂っている。いつもより年配の人たちが多いせいだろう。

夏木と仁左衛門は、本堂の縁側にいた。

今日も仁左衛門が恐ろしい勢いでつくっているのかと思いきや、そうでもない。

この前、いくら数をつくってもいいが、出すのは三句だけにするよう言われてしまった。それで、遠慮しているのか。

「どうした？」

「うん、あとで相談に乗ってもらうよ」

仁左衛門の表情は冴《さ》えない。いつもは愛想がこぼれるばかりで、それがけっしてつくった顔ではないところが、仁左衛門の凄いところなのだ。よほどまずいことでもあったのか。

「おさとのことか？」

と、気になって藤村は訊いた。赤ん坊というのは、無事に生まれるまで、気苦労が絶えない。

「いや、倅のことなんだ」

「わかった。あとでな」

藤村の顔を見て安心したのか、仁左衛門はいつものように凄い勢いで、手帖に句を書きなぐりはじめた。

寺の裏手に向かった。

こっちにも別な趣《おもむき》の庭がつくられている。自然なつくりで、山里にでもまぎれこんだようである。

ただ、蚊がいる。深川は蚊が少ないが、本所寄りになると急に蚊が多くなる。

ぴしっと腕にたかった蚊を叩くと、誰かの血をたっぷり吸っていて、赤い色がにじんだ。

かな女が向こうから来た。黄色と赤と緑の小紋で、里山の紅葉《もみじ》のように秋めいている。

「あら、藤村さま」

「遅くなって申し訳ありません」

藤村は黙っているつもりだったが、かな女のほうから、

「このあいだの夜」

と、持ち出した。

「ん？」

「坂田橋のところにおられたのは、藤村さまでしたでしょ」

「ああ、まあ」

「見られちゃいましたね」

男のほうは後ろ向きだったのだが、見られたと思ったらしい。

「師匠ほどの別嬪だもの、いないほうがおかしいでしょう」

「長いんです」

と、かな女は庭の芒《すすき》の群れのあたりを見ながら言った。

「そうかい」

「幾度か、切れたりもしたんですが」

「焼け棒っ杭てえヤツかい」

「ええ。岩井五之助《いわいごのすけ》といいましてね」

「岩井五之助」

聞いたことがあるような、ないような……、おそらく知らないと思う。だが、かな女の口ぶりには、ご存知のはずですが、という意味合いが感じられた。いったい何をしている男なのか。

「とくに隠してきたわけではないんですが、女房でもないのに役者の人気にけちをつけるのはかわいそうかなと思いまして」

「そりゃそうだ」

相手は役者なのだ。だから、知っていると思ったのだろう。だが、あいにく藤村は、芝居のことはほとんど知らない。

耳元で蚊が唸《うな》った。手で払うと、それをきっかけにしたように、かな女が築山の裏手のほうに歩いていった。

かな女が離れると、夏木と仁左が寄ってきた。

「藤村さん、なんだかやけに親密そうだったね」

「うむ、じつはな」

かな女と男を見かけたのだと打ち明けた。

「しかも、男は売れない役者らしい」

「そりゃあ大変だ」

と、仁左衛門が言った。

「なにが大変なんだよ？」

「馬の足の類《たぐい》だろ。顔見世に顔を見せぬは馬の足というくらいだ。それくらい、出番もないんだぜ。もちろん飯なんて食えるわけがない」

「そこまでひどくはないだろう。岩井五之助というそうだ」

「ああ、あいつか」

仁左衛門は芝居好きで、役者も若いところまでよく知っている。

「岩井全四郎《ぜんしろう》のところにいる役者さ」

「駄目か？」

「素質はあるんだがね。ずっと伸び悩んだ。なんでだろう。早熟だけど、ぴたりと止まる役者もいる。その類だったんだろうな」

この日――。

藤村の句がめずらしく褒められた。天地人の地に入れてもらった。

戯作者は人形町の蚊に食われ

かな女が言うに、川柳の味わいだそうだ。

句会が終わって、三人は水茶屋に寄った。

「倅がどうしたんだ？」

と、藤村が訊いた。

「かごぬけ詐欺にひっかかったんだよ」

かごぬけ詐欺は、運んできたはずのものが途中で消えるという詐欺だが、小間物の商売ではあまり起きない。本業以外のところでひっかかったらしい。

「いつだ？」

「十日ほど前らしい。はっきりしたことは言いやがらねえ」

「そりゃあ、おやじには言いたくねえさ」

どれほどの損を出したのか。倅に訊いても言わない。「おとっつぁんは隠居したんだから、黙っていてくれ」とまで言われた。

奉行所には届けたというので、定町回り同心の菅田《すげた》万之助《まんのすけ》に訊いてもらったという。

「いくらだい？」

「三百両だと」

「それは大金だ」

「どうも大島紬と八丈絣に手を出そうとしたらしい」

「島がらみか。多いんだよな」

と、藤村も呻くように言った。

七福堂ならつぶれる心配はないはずだが、相当な損にはまちがいない。しかも、詐欺は捕まっても、まず金は戻らない。十両盗めば下手人は首が飛ぶが、詐欺にひっかかったときは、被害者にも落ち度があったと見られたりする。

「現金でやられたのか」

と、夏木が訊いた。

「ああ。馬鹿なやつだよ。みっちり叱ってやる」

「そりゃ、駄目だ、仁左」

「だって、夏木さま」

「当人だって、がっかりしてるはずだ。ここで怒って追い討ちをかけても、倅は逆に居直るだけだぞ」

「そういうもんかい」

「そういうものだ。わしは、倅を三人、育てたから、そこらはよくわかる」

「でも、だんだん家作を減らされそうでな。そうなったら、先祖にも申し訳なくてさ」

「仕方あるまい。泣きついてくるまで放っておきな」

「そうするか……」

仁左衛門は、おさとに子ができたのを倅が勘づいてしまったことも、無理な取引につながったのだと思っていた。

老舗《しにせ》だってどんどん消えていく時代である。生まれてくる子が男の子だったら、そういう生き馬の目を抜くような世界を泳いでいかなければならない。

子どもができたと聞いたときは、ひたすら嬉しかった。だが、いまは不安のほうが大きくなっている。

「好きなものから酷い仕打ちを受ける」

と、藤村がつぶやいた。

「なんだい、それは？」

「安治が前に言った台詞さ。安治は海が大好きだったのに、その海で倅が死んだ」

「ほんとか、それは？」

と、夏木が驚いた。

「知らなかったなあ」

と、仁左衛門も啞然とした。

「だから、海の牙なんだとよ。それを知ったら、この何日か、やけにさっきの台詞が胸に沁みるんだよ」

「ああ、そういえば、安治はだいぶ回復してたぜ。寿庵の薬が効いたそうだ。藤村さまによろしく言ってくれとさ」と、仁左衛門が言った。

「そうか、そりゃあよかった」

結局、十日近く寝ついたのではないか。あのとき、医者にかからなかったら、危なかったような気がする。

「明日には店も開けるらしいから、さっそく行ってみようぜ」

「そうしよう」

三人とも、この何日か、どうも物足りない気がしてならなかったのである。

翌日、夜になるのを待ち構えたように、藤村は海の牙に行った。そういう気持ちは藤村だけのものではなかったようで、すでに五、六人も客が入っていたのには驚いてしまった。

ただ、安治は裏で腰をかけていて、手伝いに来た倅と、この前、会った嫁に、あれこれ指図しているだけだった。

それでも、顔色はだいぶよくなっている。もう大丈夫だろう。

藤村が来たのに気づくと、寄ってきて、

「ご迷惑かけました」

と、言った。

「迷惑なもんか。どうも、この店が閉まってると、なにか欠けたようで寂しくていけねえんだ」

「医者まで呼んでもらって」

「そんなこと、気にするな。仁左の女房のついでなんだ」

そう言っているところに、仁左衛門が入ってきた。

「よかったよ、おやっさんが元気になって」

「寿庵の支払いは、頼むぜ」

と、藤村が耳打ちした。

「まあ、しょうがねえな」

ひさしぶりのうまい肴《さかな》は、あじのさんが焼きというやつだった。あじをとろみが出るくらい包丁で叩き、これに薬味をこまかく叩いたのと、味噌とを合わせ、平たくしてから網で軽く焼いたものである。ほかの魚でもできるというが、この季節はあじがいちばんらしい。

「これだよ、これ」

「そうそう、これが食いたくてな」

安治に寝込まれたりすると、困ってしまうのである。

うっとりと飲んでいると、隣りに座っていた若い男が、

「森の裸の女だけどよ……」

と言った。いまや、深川中で、ずいぶん噂になっているのだ。

「見てみたいけど、祟《たた》られたりしたら大変だしな」

「そうだよ、やめといたほうがいい。大工の竹《たけ》ちゃんも、それを見た翌日に寝ついたらしいぜ」

藤村は、その話を聞きながら、首をかしげた。

どうも、十日ほど前に聞いたときと、話がちがってきているのではないか。森の女はきれいなだけで、見たからといって、寝ついたりはしなかったはずである。夏木もあのあとすぐ、森の女を見たらしいが、別段何もなく、ぴんぴんしている。

当の夏木は、半刻ほど遅れてやってきた。

藤村の倅の康四郎と、もう一人、下っ引きらしい若者を連れている。

「なんだ？」

と、藤村は訊いた。

「番屋のところで会ったのだ」

と、夏木が言った。

初秋亭ができたあとすぐ、もうすこし永代橋寄りにあった番屋が、隣りに移ってきてしまったのだ。初秋亭の三人が、よろず相談の仕事をまわしてもらうのには都合がいいが、面倒な事件にまでかかわりを期待されたりもする。

「そうか」

「倅がわしに訊きたいことがあるというので、じゃあ、ここに付き合えと連れてきた」

「あっしは、外で」

と、若者が言った。

「かまわねえさ。康四郎といっしょに飲めばいい」

「そいつはどうも」

「鮫蔵んとこの下っ引きかい」

「ええ、長助《ちょうすけ》といいます」

「鮫蔵のところの切れ者ですよ。捕り物が暇なときは、甘えん坊という店で、板前をしてます」

と、康四郎は自慢げに言った。

「今日は捕り物なのか？」

「捕り物というか。西平野町の森に、夜になると裸の女が出るという噂がありましてね」

「なんでえ。その話か。ここらじゃその話で持ちきりだ。いまも、そこで飲んでる連中が、祟るだのなんのと言ってたぜ」

その若者たちは、すでに別の話題に入っていて、しかもだいぶ酔いもまわっているものだから、こっちの話には見向きもしない。

「まあ、別に誰かが死んだとかいう騒ぎではないので、見習いにはぴったりだわな」

と、藤村は笑った。

それで、鮫蔵のところの若い者が助けてくれることになったらしい。いかにも気が利《き》きそうな若者で、鮫蔵の好意が感じられた。

「それで、さっそく見てきました」

と、康四郎は言った。

「え、見たの？」

仁左衛門が拍子抜けしたように、

「そんなに簡単に見られるものなの？」

「いや、一昨日と昨日は駄目でした。だが、今日は幸い、見ることができたのです」

「いい女だったか？」

と、藤村は訊いた。

「いいえ、化け物みたいでした」

康四郎がそう言うと、

「そんなわけはなかろう」

と、夏木が異議を唱えた。

「いい女だったぞ」

「あれがですか」

二人の見解がだいぶ違う。

「いやあ、夏木さまも見て、いい女だったとおっしゃってたというから、不思議だなあと思ったのです」

夏木は小助にこそ言わなかったが、藤村にはもちろん、ここでもいろんなやつに話している。

「だが、お前と夏木さんじゃ、女を見る目が格段に違う。夏木さんがいい女と言ったなら、それはまちがいなくいい女だろう」

「だが、あれは……なあ」

と、康四郎が長助に相槌を求めると、

「あっしも化け物にしか見えませんでした」

と言った。

「やっぱり、最初のころと、話がちがってきてるんだよ。おいらが噂を聞き、夏木さんが見たころは、いい女だった」

「そうよ。あんないい女なら、口説《くど》きたいぞ」

「それで、正体の尻尾くれえは摑んだのか？」

と、藤村が倅に訊いた。

「いえ、それが、いったんふん縛ろうということで、すばやく近づいたのですが、あっという間に消えてしまいました」

「消えただと？」

それなら本当の化け物である。

「そこらにいたのは、おめえたちだけか？」

「いいえ。見物人はいっぱい集まってましたよ」

どうもわからない話である。藤村も見に行きたいが、見るとがっかりするかもしれない。森の女は、そのまま伝説にしておきたかった。

五

「藤村さま。どうしたらいいでしょう」

と、初秋亭に、入江かな女が駆け込んできた。だいぶ慌てて来たらしく、裾《すそ》が乱れている。すでに夜は更《ふ》けているが、すれちがった人は、なにごとかと思っただろう。

「どうしたんです？」

「この前、藤村さまが見かけた岩井五之助ですが、お師匠さまを殴ってしまったんです」

「師匠を？」

「はい。五之助の師匠は、岩井全四郎さま」

「それは……」

芝居など見ない藤村ですら、その名を知っている。八代目、岩井全四郎。江戸歌舞伎界の名優であり、目が大きいことから、「目千両」という綽名《あだな》もついている。女形の美しさが有名だが、芸風は広く、若衆から荒事《あらごと》までなんでも演じられる芸達者だった。

「怪我は？」

「わかりません。でも、拳で叩いたということですから、命がどうこうという怪我はないと思います」

「そうか。だが、岩井全四郎じゃな……」

名優が騒ぎ立てれば、奉行所も放ってはおけない。

「罪になるのでしょうね」

「岩井が訴えればね。おいらは奉行所を引退した身だ。ここは鮫蔵に頼んだほうがいいかもしれねえな」

藤村は立ち上がった。今宵は、夏木も仁左衛門も初秋亭には顔を出していない。

鮫蔵は、甘えん坊でつかまった。

藤村の話を聞き、すぐに岩井全四郎の家を訪ねた。後ろには藤村とかな女も付き添っている。

「ここだよ」

深川の冬木《ふゆき》町である。町名は違うが、西平野町とは仙台堀をはさんで、目と鼻の先である。さすがに名優の住まいにふさわしい、大きくはないが、柱なども立派な家だった。

「ごめんくださいまし」

と、鮫蔵が声をかけた。

「あいよ」

と、返事がした。

入ってすぐの火鉢の向こうに、岩井全四郎はいた。大きな目をしている。顔などには、とくに殴られたような傷や青あざも見当たらない。

「よう、深川の鮫じゃないの」

全四郎はひょうきんな調子で言った。鮫蔵とは旧知の仲だったらしい。

「じつは、ちょいと話を聞き込んでね。今日、あんたが弟子に殴られたそうじゃねえか」

「早えな」

「地獄耳でな」

「へっ。大方、そこのおあねえさんが、あの野郎とできてんだろ。あたしを殴ったって聞いて、どうしたもんかと相談に行ったってわけだ」

「さすが名優だ。お見通しだな」

と、鮫蔵は後ろを向いて笑った。

「いいものを持ってた男なんだがね。いまいち、本気になれねえんだ。先にぶっ叩いたのはあたしのほうさ」

「それで、どうすんだ？　訴えるかい？」

「いや、こんなつまらねえことで騒ぎ立てる気はねえさ」

全四郎の顔は寂しげだった。だが、その言葉に、かな女はほっとした顔をし、深々と頭を下げた。

「そこのおあねえさんも、ずいぶん惚れたみてえだ。しっかりした女が、だらしのねえ男に惚れるってえのをよく見るが、なんなのかねえ。あいつはもう、役者は難しいぜ」

そう言って、全四郎は煙管《きせる》で火鉢の端をぽんと叩いた。その音は、やはり怒っていることを感じさせた。

「まだ、あの野郎の面倒を見てやるのかい？」

と、全四郎は訊いた。

かな女は何度か首を横に振った。

「いいえ、もうあの人とは切るつもりです。十年、待ちました。ここで思い切っても、自分のことを冷たい女だと責めずにすみそうですから」

「十年もな。しばらくは襟《えり》のねえ着物を着てるような心持ちかもしれねえが、なあにいずれ治るよ」

「ありがとうございます」

鮫蔵が、さあ帰ろうと後ろに下がったとき、藤村はひょいと一歩だけ進み、

「全四郎さん。これで森の女も出なくなっちまうね」

と言った。


帰りの道で、鮫蔵は驚いた顔で藤村に訊いた。

「まさか、藤村の旦那、あの西平野町の森の女と、岩井全四郎とが関係があると？」

「おおありよ。最初に出ていたのが、岩井全四郎。それと替わったのが、岩井五之助だもの」

「まあ……」

かな女も目を瞠《みは》った。森の女の噂は知っていたらしい。

「だって、森の女は恐ろしくいい女だったって言うじゃねえですか。全四郎を見ましたでしょ。こう言っちゃなんだが、子豚並みには肥えてましたぜ」

「それが芸の力じゃねえか。動きと影だけで、そこにえもいわれぬ美の化身を出現させてしまうのさ」

「まさか」

凄腕の岡っ引きは、自分が見たものしか信じないらしい。

「いや。夏木さんも、裸の女を追いかけたら、ふいに肥った中年のおやじが出てきたって言ってたぜ。それが、全四郎さ。裸で踊り、さっと着物を着れば、中年のスケベおやじになっちまう」

「何のために？」

「五之助を教えたんだろ。あいつは女形になりてえなんぞと吐《ぬ》かした。だったら、裸で踊って、女に見えるくらいじゃなきゃ駄目だってな」

「最初に踊ったのが全四郎で、それから五之助に……」

「そう。すると、途端に、森の女は化け物だってことになったのさ。五之助のほうが、痩せているばかりか、全四郎より、ずっとようすもいいのにな」

そう言って、藤村は足を止めた。

かな女が遅れていた。

歩きながら泣いているのもわかった。

「着物に襟がねえのさ」

と、藤村は言った。

六

七月七日の七夕の夜も、海の牙は混んでいた。安治もすっかり元気になって、料理の合い間には顔を出して、客の相手をした。

「藤村さま。あっしは熱を出してるとき、なんか言ってたそうですね」

「ああ、名前をな。亡くなった倅だってな」

「そうなんです。海は大好きでね。だが、海には牙もありやがる」

安治がそう言うと、夏木がわきから、

「そりゃ、みんな、同じだぞ。わしも女は大好きだが、女にも牙がある」

と言った。

「まったくだ。人は好きなものから酷い目に遭うんだよな」

「藤村さん。そりゃあ、安治の台詞だぜ」

と、仁左衛門が言った。

「買ったんだよ」

「あ、買ったのか」

三人でどっと笑った。

ひとしきり飲んで、

「どれ、今宵はぶらぶらと、町を散策して帰るか」

と、藤村が言った。

「そいつはいいな」

夏木は賛成したが、

「あっしは今日はちょっと」

と、仁左衛門は断った。

「おさとの相手をしなくちゃな」

「そう。ちゃんと短冊に、願いごとを書いてやれよ」

「そうなんで。それをしなくちゃならねえんで」と、仁左衛門は照れて笑った。実際、おさとは無筆《むひつ》である。寺子屋よりも子守りで忙しく、字を覚える暇もなかった。無筆は江戸の女にめずらしくはないが、それでもおさとはときおり、そのことを苦にした。

「そうそう。あいつには怪談話もしてやるんだ」

「おい、腹に子がいるのに、怪談話なんてするなよ」

「だって、あいつは好きなんですよ。ほら、このあいだ途中までしたでしょ」

「したか？」

「なんでえ、忘れたの？　長源寺の住職が、夜中に変な声で起こされて、墓を間違えたからって。その墓に行ったら、このあいだ亡くなったおよねさんの墓だったのさ」

「ああ、聞いたな」

「最後まで言ってないだろ。住職がよく見たら、およねという字をまちがえて、およめになってた。そこで、およねがこう言ったのさ。あたしは一生、独り身で過ごしました。どこにもおよめには行ってないので、って」

「なんだ、落とし噺か。そんならいいや」

仁左衛門とは永代橋のたもとで別れ、藤村と夏木は油堀のほうへ、ふらりふらり歩き出した。

江戸の七夕《たなばた》は、町が竹林に変わる。

門や軒下に笹竹を立てるのだ。その笹竹は、数日前から大勢の売り子が出て、江戸中で売り歩いた。

飾った笹竹には、色紙や短冊が吊るされる。これには、それぞれ願いごとを書き、織姫と彦星に叶えていただくのである。

その短冊や色紙をひょいと盗み見しながら歩くのである。

「おい、夏木さんよ、いろんな願いごとがあるもんだな。ほら、これなんざ凄いぞ。女相撲の大関になれますように、だとさ」

そんなことをしていると、

「父上。みっともないことをおやめなさい」

と、声がかかった。

「なんだ、康四郎か」

人出が多いので、長助とともに見回っているらしい。

「そういえば、森の女がぴたりと出なくなってしまいました」

「おめえの睨みが効いたかな」

「そうかもしれません。最初の手柄はこれかなとも思ったのですが」

「ばあか」

「え」

康四郎が憮然としたのを尻目に、そのまま行き過ぎた。

しばらく行くと、夏木権之助は、

「では、わしはこっちに」

と、藤村と別れた。

そのまま急ぎ足で西平野町へ向かった。藤村が短冊をのぞくのを見ているうち、きっと小助も書いたにちがいない短冊を見てみたくなったのである。

小助はいまごろはお座敷に出ているはずである。

やはり、笹竹に短冊が下がっている。高いので、夏木は刀の先でその短冊を斬って落とした。見るのではなかったと、後悔した。

短冊にはこうあったのである。

「夏木さまとは、早く別れられますように」


一方、藤村もかな女のことが気になり、家の前に行ってみた。

なにをわざわざこんなことまでと、自分の気持ちがいぶかしかった。

かな女の家の前にも笹竹はあり、短冊も吊るされていた。

藤村は、短冊に手を添え、書いてある字を読んだ。一句、記されていたが、師匠にしては下手すぎねえか、と思った。

七夕や会わぬ決意のひとり酒

第三話　青　猫

一

初秋亭の前の道を、岡っ引きの鮫蔵が走ってきた。踏み出すごとに、おびただしい汗が飛び散り、地面は揺れた。

「どうした、鮫蔵さんよぉ」

藤村が声をかけても、

「うぉう」

と、一声、獣《けもの》のように吼え、返事をする間《ま》もなく、通り過ぎてしまう。

凄い速さである。相撲取りのような巨体が、あれだけ速く走ることができるというのは驚きである。牛が角《つの》に火をつけて走っても、あれだけの迫力は出ない。

鮫蔵のあとから、倅の康四郎が来た。こっちはふらふらで、激しく息を切らしている。

「なんだ、情けねえな。ジジィの鮫より遅いなんて」

声をかけると、康四郎は足を止めた。

「父上、鮫蔵の足にはとても勝てません。あの人は、昔、江戸と大坂のあいだを六日で往復したくらいの韋駄天《いだてん》ですよ」

「そいつは知らなかったな。それで、何かあったのか？」

「また、青猫が出たんですよ」

青猫と綽名される、恐ろしくすばしっこい泥棒が、この夏になってから、深川の町を荒らしはじめた。なんで青猫という綽名になったかというと、猫のようにすばしっこくて、ちらりと見えた月代の剃《さかやき》りあとが、やけに青かったからだという。

人を殺《あや》めたりしたことはない。しかも、たいした盗みはしない。金持ちが贅沢で集めたものに悪戯《いたずら》をしてみたり、消えていても屋根の上に置いてあったりする。

愛嬌というか、いたずらっけもある。

小物の義賊というか、庶民には面白がられているのだ。

「どこだ？」

「中島《なかじま》町です」

すぐその先の、越中島の手前である。

「だったら、早く行け」

「引き止めたのは、父上でしょうが」

康四郎は憮然として、走って行った。

後ろ姿を見送った藤村は、

――あの走り方じゃあな……。

と、つぶやく。重い刀を左手でぐいっと持ち上げるようにしないと、均衡が取れずに走りにくいこと、この上ないのだ。まあ、それも五年も走るうちに気づくだろうさ、と藤村は苦笑した。

「どうかしたのか？」

後ろから、夏木が顔を出した。

「ほら、最近、よく聞く青猫という泥棒が、また出たんだとさ」

「ほう。行ってみるか」

「そうだな。血なまぐさいことはないだろうし、奉行所の邪魔にはならないか」

元同心としては、奉行所の邪魔はしたくない。邪魔にならないなら、藤村にも好奇心というやつは大いにある。

「行くぞ、夏木さん」

「おうよ」

藤村と夏木も走り出した。

中島町は、ごちゃごちゃと、入り組んだ一画である。漁師や荷揚げ人足のほか、おかずを売り歩く煮売り屋も多く住む。ここで調理した豆や小魚をかついで、深川から本所あたりまで売り歩く。その甘辛い匂いも、町中にあふれている。

路地の入り口を人が囲んでいて、かきわけるように中に入ると、怒鳴り声が聞こえてきた。

「紫の霜降りだぞ。わしが十年かけてつくった傑作なんだぞ。ふざけやがって。早く捕まえて、獄門にかけてくれ」

盗られた男がわめいているのだ。近所の因業ジジイのようだ。

「どうしたんです？」

藤村が、わきに立っていた老人に訊くと、

「ここの大家なんだが、すごくきれいな朝顔を育てていて、誰にも見せてくれない。その朝顔が二鉢盗られたそうだよ」

「大家ですか」

そこへ、周囲の店子《たなこ》らしい連中も、しゃべりはじめた。

「ケチケチして、見せないからだな」

「そうそう。ざまあ見やがれってとこか」

「店子の面倒もろくろく見ないで、朝顔ばっかりかわいがってるからさ」

長屋の連中も嬉しそうにしている。

「藤村よ。朝顔のことまで知ってるとは、青猫はよほどこの界隈のことを詳しく知っているらしいな」

と、夏木が言った。

「だろうな」

「ここらに住む男だろう？」

「そうは限らんよ。青猫は深川一円、猿江町《さるえ》のあたりまで出ているらしい」

「猿江町は遠いな」

「たとえば、瓦版屋なんてのは、深川一円をまめに歩きまわっている。そういう連中が青猫でも不思議じゃねえ」

藤村は青猫の正体を推測した。奉行所時代と違って、当たるも八卦で気楽なものである。

「なるほど。自分で起こした事件を、自分で瓦版にするっていうのも面白いのう」

事実、騒ぎを聞きつけた瓦版屋が、早くもここに駆けつけてきて、鮫蔵の横でいろいろ聞き込みをしている。

「ほれ、どいてくれ」

やたらと大きな声がした。定町回り同心の菅田万之助だった。気のいい、腕も立つ男だが、声が馬鹿でかいのには閉口する。

藤村がいるのに気づくと、目で挨拶をし、そのまま因業大家のところに寄って行った。

「帰るか?」

と、藤村は言った。誰が何を盗られたかがわかったので、好奇心は満足した。あとは邪魔にならないほうがいい。

「そうだな」

二人でのろのろと初秋亭にもどってきた。速く歩くと、暑くて汗が止まらなくなる。

しばらくして、二階の窓辺で風に当たっていると、倅の康四郎が町役人と若い瓦版屋を連れて、隣りの番屋に帰ってくるのが見えた。

「おい、菅田たちはどうした?」

と、二階から見下ろして訊いた。

「そのまま町回りに」

康四郎だけが立ち止まった。ほかの二人は、隣りの番屋に入っていった。

「おめえはもどってきたのか？」

「ええ。青猫のことは、わたしが担当するように言われまして」

康四郎は心なしか胸を張っている。この前の森の女の騒ぎは、何もしないうちから、噂も消えてしまった。

見習いが追いかけるにはちょうどの相手だろう。

だが、舐めてはいけない。微罪だが、こうした悪党にやりたい放題されれば、奉行所の沽券《こけん》にかかわる。ひいては、もっと凶悪な連中も、奉行所をあなどって跋扈《ばっこ》することにつながってしまう。

しかも、微罪の陰に大罪が隠れていたりすることもある。昔、大泥棒が倅の訓練のため、こそ泥を繰り返させていたこともあったくらいだ。同じ手口でいきなり大店から三百両が盗まれ、同心一同、面目をつぶしたものだった。

「御用聞きは使うんだろ？」

「ええ。また、鮫蔵のところの長助《ちょうすけ》を」

「ふうん」

どうやら鮫蔵は、康四郎から長助に手札を与えるようにさせ、二人を一人前にしようという腹らしい。それは康四郎にとっても、ありがたいくらいの組み合わせになっていくはずである。

「まあ、しっかりやれ」

藤村は、手を貸してやるつもりはない。

しばらくして、新しい筆を買うのに初秋亭を出ようとすると、隣りの番屋で、

「藤村の旦那……」

と、声がした。何かとのぞくと、康四郎が瓦版屋と嬉しそうに話をしている。

「旦那」は、康四郎のことだった。

ああいう連中との付き合いにも難しいことがあるのだが、いまはあれこれ訊かれるのが一人前になったようで嬉しいのだろう。もっと慣れてくれば、わざと嘘っ八の話を瓦版に書かせ、下手人を引っかけたりするようになる。

気づかれないよう、そのまま番屋の前を通り抜けた。

それから三日ほどして——。

藤村はひさびさに家に帰った。加代からは「隠れ家遊びもけっこうですが、居つづけは困ります」と言われている。だが、初秋亭の夜が涼しいこともあって、ついつい帰りそびれてしまった。

玄関で、隣りの船井《ふない》家の未亡人とすれちがった。数ヶ月前、気鬱《きうつ》から首を吊ろうとし、あやうく藤村が助けたことがあった。

「お帰りなさいませ」

「こりゃどうも」

未亡人の表情が明るくなっている。

玄関から上に上がると、

「あら、めずらしいこと」

「何がだ？」

「お帰りいただけるなんて」

加代が皮肉を言った。

「いま、船井のところのが来てたな」

「ええ。香道を始めたのです」

「ほう」

家中に甘いような、渋いような、不思議な香りが満ちている。

「これは、気鬱にいいのかね」

「当たり前でございましょう。わたくしだって、お香のおかげでやっていけているようなものですもの」

「ん？」

どういう意味かと訊こうとしたら、加代はもうそっぽを向いていた。

近くの湯屋に行き、汗を流してきた。昨夜は湯のかわりに、大川で泳いだが、潮が来ていて、べたつく感じがあった。その潮もさっぱり洗い流してくる。

さて、飯を食うつもりでいると、その飯がなかなか出てこない。

「おい、飯はどうした？」

「おや、召し上がるのですか？」

「当たり前だ」

「てっきり、今日も食べないのかと」

「わしの分がないのか」

「なんとかいたしますよ」

むかむかしていると、康四郎と中間の又六《またろく》が帰ってきた。

今度はいそいそと飯のしたくをしている。

膳に着くと、鯖の塩焼きが皿に載っているが、康四郎のは胴のほうで、藤村が尻尾である。このあいだまでは逆だった。康四郎を家長と認めたからか、それともあてつけなのか。くだらないと思いつつも気になってしまう。

その康四郎は、何か冴《さ》えない顔をしている。

「どうしました？」

と、加代が訊いた。

「ええ、まあ」

「お調べのこと？」

「はい」

康四郎はちらりと藤村のほうを見て、

「じつは、深川を騒がせている青猫という怪盗の探索を、わたしが任されましてね」

「まあ、あなたが担当に」

加代の顔が輝いた。

藤村はとぼけた顔のまま、内心で、

——余計なことを。

と思った。藤村は、仕事のことを家ではいっさい話してこなかった。だが、近頃では、家でどんどん仕事の話をする男が増えているのだという。その連中の言い分を聞くと、話したほうが、家にいる妻子も世の中のしくみがわかるようになるし、家族の絆も強くなるのだそうだ。

それも一理あるのかとも思ったが、藤村は結局、最後までそれはやらずに通してきた。加代などは逆にそれが不満だったのだろう。

「それで、何か面倒なことでも？」

と、加代が訊いた。

「ええ。じつは加賀《かが》町の番屋に投げ文がありましてね。熊井町の善助《ぜんすけ》長屋に住む鳶職の三七《さんしち》という男が、青猫だというんです」

「熊井町の善助長屋？」

藤村は思わず訊いてしまった。初秋亭のすぐ近くではないのか。

「父上のところから、ほんのすこし行ったところです」

「それで、その三七という人はいたのね？」

と、加代が訊いた。

「いました。俊敏そうな鳶で、近所じゃ真面目な男と評判です。性格も明るく、よく冗談なども言うそうです。ただ、青猫も洒落が好きなやつなのでして……」

「あら、そう。でも、それだけでふんじばるわけにはいかないでしょうねえ」

「そりゃあそうですよ」

康四郎は迷っているらしい。

無理にひっくくれば、拷問で締め上げることになる。そうせざるをえないときもある。

だが、康四郎はそれはしたくないらしい。

藤村も、拷問は幾度となく経験したが、やはり好きではない。むしろ、冤罪をつくってしまうところがある。

それよりは、心を通わせ、自分から進んで白状するようにすべきだと思ってきた。もっとも、同心の中には拷問をやりたくてたまらないというやつもいた。そんな同心にぶちあたれば、罪人に同情したくなる。

藤村は、二人の話をよそに、黙々と飯を食いつづけていた。

「今度も康四郎に手を貸してあげる気はないんですね?」

「ああ、ないね」

「そんな近くの、初秋亭だか、晩秋亭だかに住んでいるのに」

「住んでるわけでは……」

「ほんと、あなたって冷たい人」

同じものをつくりつづける職人ならともかく、町方の仕事は一人ずつ違う人間が相手なのだ。他人の経験は必ずしも当てにはならない。逆に予断を与えることになりかねない。自分で一つずつ経験を積み重ねるしかない……。

――それが女にはわからない。

背中を向けた藤村は、夜中に加代のため息を聞いた気がした。

二

「では、これはどうだ？」

と、藤村は扇子を取り出した。広げると、柳に飛びつく蛙の絵が描いてある。春頃に、両国の広小路で買い、夏中、愛用してきた。

「扇の的か。日の丸でないのが残念だな」

夏木が笑った。

夕暮れが迫る大川端で、夏木が弓矢の稽古をしていた。十間ほど先に、棒っ杭を立て、それに当てているのだ。

夏木が放っているのは、楊弓《ようきゅう》である。家では、本当の弓を引くが、初秋亭に置いているのは、この、こぶりの楊弓である。

弓の長さはほぼ二尺八寸、矢は九寸二分ほどで、坐ったままでも射ることができる。江戸には、この楊弓で的に矢を当てる楊弓場が数多くある。これは町人たちの遊び場になっていて、看板娘が尻をくねくねさせながら、はずれた矢を拾ったりするのが、大いに喜ばれた。

もっとも、遊戯に使われる矢は、先を丸め、危険ではないようにしている。夏木が放っているのは、本物の鏃《やじり》をつけたもので、楊弓とはいえ、充分、殺傷能力がある。現に、数ヶ月前、気がおかしくなった殺人鬼と藤村が立ち合い、藤村が窮地に追い込まれたとき、夏木の放った矢で救われたこともあった。

「では、いくぞ」

夏木が力みもせず放った矢は、見事に蛙に命中した。

「百発百中だねえ」

「まあ、的ってのは動かないからさ」

と、藤村がからかうように言い、さらに、

「その点、那須与一《なすのよいち》は、波に揺られる舟の上の的を射落としたんだから、たいしたもんだ」

「夏木さま、そうまで言われちゃ、動くものを当ててみなきゃ」

と、仁左衛門も尻馬に乗って言った。

「おう、やってもよいぞ」

「それなら、ほら、あそこに黒い鵜《う》がいる」

仁左衛門が大川のほうを指差した。河口が淡い夕焼けで、無数の破片となって輝いている。その光の中に、白いゆりかもめに混じって、一羽の黒い鵜が浮かんでいて、ときおり水中で餌をあさっている。かなり先のほうで、そこまで二十間ほどはあるだろう。

「あれか」

「ぽんと手を打つと、驚いて飛び立つだろう。そこを狙ってくれよ」

「朝飯前だな」

「夏木さま。鵜だけじゃなく、ゆりかもめも飛ぶんだぜ」

「そんなことは、当たり前だ」

「じゃあ、いくよ」

「おう」

夏木はとくに狙いを定めもせず、軽く矢をつがえている。

仁左衛門が手を打った。

同時にゆりかもめが十羽ほどと、一羽の黒い鵜が、ばたばたと宙に浮かびあがった。そのまま、石川島のほうへと滑空を始める。ゆりかもめはときに、黒い鵜を隠すように重なり合う。そのゆりかもめに当たる心配もある。

夏木は矢をつがえたまま、鵜の動きを追い、
ひょぉ。

と、矢を放った。短めの矢が、見る見るうちにゆりかもめのあいだをかいくぐるように、黒い鵜の背後に迫る。

「やったか」

と、仁左衛門が叫んだ。

だが、わずかに下をかすめて、水面に刺さるように落ちた。鵜は階段を上がるように羽をばたつかせ、空高く逃げていった。

「惜《お》しかったなあ」

仁左衛門が悔しがった。

「うむ。あと三寸といったところか」

藤村も、惜しいのは認めた。

「いや、当てた。最近、無駄な殺生が嫌でな、わざと少し下を狙ったのだ」

夏木が笑みを浮かべながらそう言った。

「おう。そうか、そうか」

「お前たち、信じてないな。はっはっは」

三人が笑っているところに、

「あのう」

土手の上から声がかかった。そちらはまだ青みの残る空で、夏雲の中に立っていたのは、職人ふうの若者だった。そろそろ職人たちも帰宅し出す時刻である。

「なんだな」

「そこの初秋亭の方々ですか」

「そうだよ」

うなずくと、若者は土手を降りてきて、あらためてお辞儀をしながら、

「ちっと先の善助長屋にいる三七といいます。鳶職をしてましてね」

と言った。

「ほう」

藤村たちは顔を見合わせた。あの、疑いがかかっている男ではないか。

藤村は、康四郎から聞いた話を言うつもりはなかったが、この数日、康四郎たちが善助長屋を見張っているのを夏木たちにも知られてしまい、結局、話してしまったのだ。

「長屋の大家さんから、初秋亭の旦那たちが、よろず相談ごとにのってくれると聞いてきたんですが」

「ああ、のるよ」

と、藤村がうなずいた。隣りの番屋にも、町方が取り上げないような仕事はまわしてくれるよう頼んである。また、海の牙でも話題にしている。そんなことから、このところ、深川でも永代橋周辺では、初秋亭のよろず相談が知られてきているらしい。

「どうしたんだい？」

「じつは、青猫に間違えられているみてえなんで」

「いま、騒ぎの義賊だな」

「義賊なのかどうかわかりませんよ。とにかく、その疑いを解いていただけないものかと思いましてね」

疑われている鳶の三七が、逆に、藤村たちに疑いを解いてくれるよう依頼してきた。

「青猫に間違えられると、娘っ子にはもてるんじゃねえのか」

と、仁左衛門がからかった。なんでも、娘っ子のあいだで、〈青猫追っかけ隊〉なんぞという集まりまでできているらしいのだ。

だが、三七は生真面目な顔で反論した。

「冗談じゃねえですよ。泥棒なんぞに間違えられて、きゃあきゃあ言われるのはまっぴらです。それに、町方の旦那たちだって、追っかけているじゃねえですか。捕まったりした日には、笑いごとじゃすみませんよ」

「冗談だよ。悪かったな」

仁左衛門があやまると、

「いえ、わかっていただけたら」

すぐに笑顔を見せた。さっぱりしたいい男である。

怪盗でなくても、娘っ子にはもてるだろう。

「疑われるわけはあるのかい？」

と、藤村が訊いた。

「ええ。どうも加賀町の番屋に、あっしが青猫だという投げ文があったらしいんで。それで、あっしを調べたら、鳶職をしてるくらいで身は軽いし、身体つきも似てるってんで、目をつけたみたいです。なんせ、担当の同心が、まだ若くて、怪しいか怪しくないかの区別もつきやがらねえんで」

藤村とは親子であることは知らないらしい。もちろん、そんなことは言わず、しらばくれて聞いている。

「ただ、あっしも解《げ》せねえことはあるんで。というのも、青猫が出る晩は、いつもあっしが長屋にもおらず、一人で遊びに出ているときなんで。つまり、誰もあっしが青猫じゃねえと証言できねえわけです。青猫はいままで六、七回、出たそうですが、考えてみると、いつもそうでした」

「おめえが夜、一人で出るのは珍しいのかい？」

「そうでもねえですが、あれほどぴったり重なるのかなあと……」

「ふうむ」

藤村は唸った。

　ということは、三七を見張っているのだろうか。

「じゃあ、おれたちがおめえの依頼を引き受けると、まずはおめえが夜、どこにいるのかを見届けつづけなくちゃならねえ。そのあいだに青猫が出れば、おめえは違うと、町方にも証明してやるよ。それをしながら、青猫の正体も追いかける。それでいいのかい？」

　と、藤村が訊いた。

「ずっと、あっしにくっついているんで？」

「べったりつかなくても、どこにいるのか、わかるようには、させてもらわなくちゃな」

「へい、わかりました。つきましては、礼金のことなんですが？」

　三七は不安げに言い出した。

　これには夏木が、

「ああ、それはな、払えるならもらうし、払えないならかまわぬぞ」

「いや、ただというわけには。あっしも、気が引けちまいます」

「鳶といったな。それなら、わしの家で、屋根が壊れたところがある。それを直してくれるというのはどうだ」

と、夏木が言った。

「お安い御用で」

これで礼金の話も済んだ。

大川端から土手を上がり、三七といっしょに初秋亭の前に来た。すでに夕暮れが迫っている。

「お、火事みてえだな」

隣りの番屋で声がした。なるほど、遠くで、半鐘《はんしょう》が聞こえている。

年寄りの番太郎が出てきて、そのまた隣りにある火の見櫓の階段に手をかけた。ここからもようすを見て、半鐘を鳴らさなければならない。

「爺さん、まだ明るいのに火事かい」

と、仁左衛門が声をかけると、

「とんまな火の元だぜ」

そう答えた途端、足を踏みはずした。

「いててて」

かなり強く、膝のあたりを打ったらしい。ひっくり返ってしまう。

「おっと、いけねえな」

三七はそう言うと、あっという間に、火の見櫓の階段をよじのぼった。その上がりかたが凄い。地上を走るような速さで、いちばん上まで駆け上がったのだ。

「うわぁ、恰好《かっこう》いい」

通りかかった三人づれの娘たちが、声をあげて見守った。

「あれは、高輪《たかなわ》のあたりですね」

と、三七が上で怒鳴った。とすれば、あいだに海もあれば、大川もある。ここまで火が迫る怖れはまずない。

「遠いところだ。二度打ちでいいですね」

「おう、頼むよ」

代わりに半鐘を叩いた。

ジャンジャン。二度つづけて打ち、しばらくあいだを置いて、また、ジャンジャンと打つ。これが二度打ちで、すぐ近くのときは三度打ちになるのだ。

「あいつは違うな」

見上げたまま、夏木が言った。

「夏木さま、見ただけでわかるかい？」

「ああ、あんだけようすがよくて、まともに女にもてる男が、わざわざ怪盗になって、町の連中を喜ばせたりなんざしねえさ。ああいうことをするのは、やっぱりなんか心がひねくれてるのさ」

ジャンジャン。ジャンジャン。

半鐘の音まで、いなせに聞こえている。

三

「そのあたりだ。瓦が何枚か、割れているだろう」

下から夏木が叫んだ。ここは夏木の屋敷の離れである。

「あ、ここですね。ええ、三枚ほど割れてます」

三七が上で答えた。

「それで、ずっと雨漏りがしてたんだ」

「でも、なんでこんなところの瓦が割れたんですかね」

「ん、まあ……」

夏木は口を濁《にご》した。じつは、この離れに住んでいる、夏木の倅が壊したのである。

三男坊の洋蔵《ようぞう》である。十八歳になっているが、養子にも行っていない。

旗本の次男坊、三男坊にありがちなやんちゃな若者で、まず、ろくなことはしない。学問にも、武芸の稽古にも身が入らず、ふらふら遊び歩いている。

去年のいまごろがいちばんひどかったかもしれない。鬱屈することがあったらしく、悪い仲間と遊び歩いていた。

一度、そのことで、長兄から厳しく叱られた。そのときに、この離れで荒れ狂い、家中をめちゃくちゃにしたのである。

障子や襖は、洋蔵が落ち着いてから貼り直した。槍で突いてできた天井の穴も、板を一枚替えた。だが、屋根はろくに確かめもせず、そのまま放置しておいたのである。

——かわいそうに。

とは、重々思うのである。夏木自身も、もとは黒川《くろかわ》家の次男坊だったから、その気持ちは痛いほどわかる。いい若者が、将来の希望が見えない。もしも、養子に行くことができない場合は、ずっと兄の世話になって、居候のような暮らしを送らなければならない。つい自暴自棄になってしまうのである。

自分の若いころを振り返ってみても、これがまた恥だらけ、悔やむことだらけ。あまり大きなことは言えない。

——好きな女でもできたのではないか。

夏木はまず、それを心配した。

だいたい、自分たちが惚れ合ったのは、夏木も志乃《しの》も十六のときだった。

志乃は夏木家の長女で、夏木の家は女ばかりの四姉妹。婿養子を取るのは自然ななりゆきだった。

だが、当時の黒川権之助も、夏木志乃も、婿養子だの跡継ぎだの、そういうことを気にして惚れ合ったのではない。いまでこそ、功利的なことまであれこれ考えるが、当時は純粋なものである。

ひたすら恋焦がれて、いっしょになりたい一心だけで、巧みに養子縁組を成立させたのである。

洋蔵にそういう色恋沙汰が起きても、夏木と志乃の子どもなのだから何の不思議もない。

志乃ともそんな話をした。

だが、夏木の心配を聞いた志乃は、

「あの子はおなごのほうは、そう興味はないようですよ。お前さまとは違って」

と笑った。

夏木には言っていなかったが、一度、養子の可能性がある家の娘と、偶然をよそおって会わせたことがあったのだという。向こうは凄く堅苦しい家風で、娘もそんなふうだった。それがいやだったのか、洋蔵はわざとおかしな表情をして、相手の娘に嫌われたらしい。

「おかしな表情?」

「ええ、ふだんは見せたこともない、ひょっとこみたいな顔をずっとしてたのです」

「なんだと……」

洋蔵は子どものときに、階段から落ちて頭を強く打ったことがある。そのときから、性格がおかしくなったのではないか。だが、志乃は、あの子は昔からあんなふうだったと、かばった。

夏木も志乃も、いまはともかく若いうちは容貌にも自信があった。お雛さまのようだとずいぶん言われ、当人たちもその気になったりした。だが、洋蔵はあまり親に似ず、器量も上の兄二人に比べてもずいぶんと落ちた。性格も無愛想で、相手の機嫌を取るようなことは、まず言えない。したがって、女にはもてそうもない。

「じゃあ、なんだ。まさか、陰間《かげま》が趣味だったりして」

「そっちもないとは思うのですが」

「ちゃんと見張っておくしかないな」

跡を継いだ長男に迷惑がかかっては申し訳ない。

「見張れるものじゃありませんよ。見張るなら、お前さまのほうを」

志乃に見つめられ、慌てて話を切り上げたものだった。そのころ、ちょうど、小助を西平野町の家に入れたばかりだったのである。

その三男の洋蔵だが、いまは本邸のほうで、骨董屋の相手をしているのだ。夏木がいらないものの処分を、洋蔵に頼んだのである。

洋蔵は骨董が趣味である。それどころか、骨董屋でくだらないニセモノを仕入れ、それを知り合いに売りつけたりもしているらしい。

その骨董屋が、商談が成立したらしく、裏口のほうにまわってきた。

「夏木さま、ありがとうございました。詳細は洋蔵さまにお伝えしておきました」

と、頭を下げて帰ろうとするのを、

「うむ。わかった。ところで、骨董屋」

夏木は引き止めた。

「なんでございましょう」

「倅の洋蔵だが、本当に骨董のことがわかっているのか？」

一度、それをちゃんと聞いておきたかった。

「もちろんですとも。お殿さま、洋蔵さまの骨董や刀の目利きはじつにたいしたものですよ。目が肥えているというか、よほどいいものに囲まれてお育ちになられたのでしょうな」

「なあに、そうでもない」

やはり舅《しゅうと》が骨董を好きだった。あれを膝においたまま、書画だの置物だのをいじくっていたのは覚えている。内心、くだらぬ趣味を植えつけて欲しくないと思っていたが、舅にそんなことは言えなかった。

「旗本家のお坊ちゃまですから、商いはやれませんでしょうが、まあ、お小遣いを稼ぐぐらいのことは」

許してやれと言いたいらしい。

「考えておこう」

とは言ったが、夏木はすでに許している。もしかしたら、あの倅なりに、今後できるだけ、兄に迷惑をかけずにすむよう、一生懸命考えたことかもしれなかった。あまり固苦しいことを押し付けては、洋蔵の生きる道がどんどん少なくなってしまう。

骨董屋が下がるのと入れ違いに、洋蔵がやってきた。

「おい、これで雨漏りもなくなるぞ」

「あれはあれで、なかなか風流なものなのですが。それはいいとして、あの鳶職人は、どこかで会ったことがありますね」

「三七という男だぞ」

「三七……名前に記憶はないですね」

洋蔵は首をひねり、すぐにポンと手を叩いた。

「あ、そうだ。〈夢酔堂〉という骨董屋で会ったんです。根付《ねつけ》を売りに来てました」

「骨董屋でだと？　さっきのか？」

「いえ、別の、小網町にある骨董屋です」

何か変な話ではないか。

鳶職人が骨董屋に出入りするとは……。

「洋蔵。ちと、わしの仲間のところまで来い」

夏木は倅を初秋亭に連れていくことにした。

その話を藤村と仁左衛門にした。

「ほう。まずはその骨董屋をたずねてみよう」

と、藤村はすぐに立ち上がった。小網町なら、ここからもすぐである。

「皆さんを連れてですか」

洋蔵は困った顔をし、

「何が悪い？　都合の悪いことでもあるのか」

と、夏木は怒ったように言った。

夏木の顔を見て、藤村は、

「気恥ずかしいものだからな。わけのわからん連中をぞろぞろ連れて、自分のよく知った世界に案内するというのは」

と、助け舟を出し、

「そういえば、おいらも若いころに、剣術道場の仲間を殺しの現場に案内してくれと言われて、困ったことがあったっけ」

「いえ。大丈夫です。ちと、気難しいあるじなものですから。行きましょう」

洋蔵が案内役になって、炎天下の永代橋を渡り、堀沿いに小網町の夢酔堂に行った。鎧《よろい》ノ渡しのすぐ近くである。

やけに落ち着いた構えの骨董屋だった。店先にも商品はほとんど並べておかず、一つだけ置いた壺は、素人目にも相当なものに見えた。

「ここはいいものしか扱わないという店でしてね。ここから売られると、偽物でも本物になるとまで言われています」

中に入ると、あるじが別の客と商談をしているので、わきで待っていることにした。

二人のあいだには小さな壺があるだけだが、商談というより、にこやかに世間話でもしているふうである。

そのあいだ、あれこれ物色したりする。

夏木や藤村からしたら、何がいいのかわからない世界だが、七福は多少、わかるのか、奥に下がった掛け軸の一つを指差して、

「洋蔵さん、あれは大雅《たいが》かね」

「いや、ちがいますね。弟子の誰かが師匠を真似たのでしょうが、あの松の木の筆さばきはちがいますよ」

「へえ。洋蔵さんは凄いよ」

あるじの商談が済んだ。客が小判の包み金を渡すのが見えた。あれは五十枚ではないか。小さな壺に五十両。ここはここで、おかしな世界である。藤村たちは顔を見合わせ、首をひねった。

こちらに来ると、あるじはしきりに目をぱちぱちさせた。洋蔵が、

「おやじとお仲間たちだ」

と紹介したが、藤村の顔に目が止まり、しばらく窺《うかが》うような目で見た。どうやら、町回りでもしていたときに、見かけていたらしい。

「このあいだ、わたしが来ていたとき、根付を売りに来た町人がいただろう？」

洋蔵が、あのへんにいただろうというように、店の隅を見て、言った。

「ああ、ようすのいい職人ふうの人ですな」

誰もがまず、三七のいい男ぶりに目を瞠るらしい。

「あのときの根付はまだ売れてないか？」

「まだです」

「見せてくれ」

あるじは後ろの引き出しから出した。

「これか……」

洋蔵の手の中の根付を三人が覗き込んだ。

「これは、凝《こ》ったものだなあ。狸が腹鼓を打っているが、後ろに生《は》えているのは狐の尻尾だ。狐が狸に化けてるのだな。ほう、顔もよく見れば、狸なのに狐の面影が

あるな。凝ってるだけでなく、腕も相当なものだ」

と、洋蔵が解説した。藤村は一目見たとき、何か変な感じがしたが、その理由も氷解した。

「そうでしょう。根付の好きな人がいるので、店には出さず、直接、買っていただこうと思いまして」

「いくらで買った？」

と、洋蔵が訊いた。父親たちが後ろにいるからだろう。気負ったような訊き方である。

「それはちょっと」

あるじのまばたきがひどくなった。

夏木の倅にこれ以上、追及させてはかわいそうなので、藤村がわきから静かに、

「御用の筋だぞ。正直に申し上げたほうがいいと思うがな」

と、言葉を添えた。

「ええ。二両でいただきました」

「それは叩いたな。十両で買って、二十両で売るってのが妥当じゃないのか」

と、洋蔵が言うと、

「まいりますな、若さまには」

夢酔堂のあるじは泣きそうな顔になった。

四

夜になってから、藤村、夏木、仁左衛門の三人で、三七の長屋を訪ねた。狐が化けた狸の根付を持っている。夢酔堂のあるじをおどすようにして、一晩だけ借りてきたのである。

その根付を差し出すと、

「あ、それは……」

すぐに顔色が変わった。

「覚えているな」

藤村が訊くと、三七は黙って首を縦に振った。

「あんたはこれを七月の十日に、夢酔堂という小網町の骨董屋に持ち込んだ」

「ええ」

「この根付はどこで手に入れたんだ？」

「…………」

三七は答えない。あの、いなせな動きっぷりが嘘のように、うつむいて押し黙ったままである。

と、そこへ、康四郎と下っ引きの長助が入ってきた。

「あれ、父上」

「なんでえ、康四郎か」

康四郎が「父上」と言ったのを聞いて、三七は不愉快そうに顔をゆがめた。

「安心しろ。黙っていたのは悪かったが、おいらはもう奉行所とは関わりねえ。おめえの頼みを優先させるぜ」

するとと、今度は康四郎が、変な顔で藤村を見た。

「康四郎。なんで、ここに来た？」

「ええ。盗品の行方を追っていたんですが、小網町の骨董屋に、それらしきものが出たようなんです。根付ですが、持ち込んだ若い男というのは、どうも三七らしい。しかも、一足先に、元八丁堀の同心たちが持っていったというではないですか。もちろん、父上たちだとぴんときましたよ」

「これだよ」

藤村は仕方なく、狐が化けた狸の根付を見せた。

「これですか。青猫が盗んだのは、全部、別の場所ですぐに見つかったのですが、これだけがいままで見つからなかったのです」

「盗まれたのは誰だ？」

「満信寺《まんしんじ》の和尚です」

海の牙にもよくやってくる飲兵衛和尚である。いちおう手拭いなどをかむって、正体を隠したつもりでやってくるが、すぐにだらしなくへべれけになるので、和尚であることは見え見えである。

「ああ、あの糞坊主か」

仁左衛門がうなずき、

「あれはひどいからな」

夏木が苦笑いした。僧侶なら、多少は俗世から離れたところがあってもよさそうだが、俗世に首まで浸ったような男だった。

「だが、これは足がつきやすい品だな。妙なものを残したもんだぜ」

藤村は首をひねり、

「おい、おいらの倅のことはどうでもいい。こっちは最初の約束どおり、おめえの疑いを晴らしてあげようってんだ。だが、おめえはいつまでも黙ってるわけにはいかねえぜ。誰をかばってるんだよ」

うつむいていた三七が、きっと顔を上げ、

「ええ、言います。どうせ、その人が青猫のわけがねえんですから……」

「誰でえ？」

「あっしの親方の姪っ子で、おたみさんという人から預かったものなんです」

「おたみ……」

青猫が娘のわけはないから、おたみも青猫のはずがない。それは道理である。だが、康四郎がわきから、

「だが、まったく関わりがないとも思えないですね、父上。おたみの兄弟だとか」

と言った。

「おたみさんに、兄弟はいませんよ」

「だったら、おめえとは別に、男がいねえとも限らないだろ」

と、下っ引きの長助が、わきから凄んだ。鮫蔵のやりくちをたっぷり学んでしまったらしい。

「そんな馬鹿な……」

三七の顔が泣きそうにゆがんだ。

「いいから、案内しな」

今度は三七を先頭に歩き出した。

ついていくのは、藤村、夏木、仁左衛門、それに康四郎と長助である。

親方の家というのは、木場の近くだった。東平野町で、途中、小助が住む西平野町を通るとき、仁左衛門が夏木に、しきりに目くばせなどする。出会ったりしても、小助はどうせ、しらばくれた顔で通り過ぎるだけだろうが、それでも夏木はうつむいて、目立たぬようそうっと歩いた。

「ここです。おたみちゃん、いるかい」

入り口から声をかけた。

家の中には子どもが大勢いて、やかましい。ちょうどいい按配に、親方は近所の寄合に出ていて、おかみさんの前で話すのもかわいそうだから、外に連れ出した。

藤村たちは、後ろに下がり、康四郎と長助にまかせることにした。いくら倅でも、現役の同心を出し抜くわけにはいかない。

「どうしたの、三七さん？」

おたみは、康四郎たちを見て、不安げになったらしい。康四郎が八丁堀の同心であることは一目でわかる。朱房の十手もちらついている。

　少し下ぶくれだが、目鼻立ちが整って、愛らしい顔をしている。動きもてきぱきとして、こういう娘は武家にはなかなかいない。おっとり動くのがお行儀のいいこのように、教えこまれているのだ。三七と並べば、いかにもお似合いだろう。それに、三七を見る目で、二人の仲はすぐに想像がついた。

「おたみさんが寄越した根付のことで訊きたいことがあってさ」

「根付？　何、それ？」

「ほら、このあいだ、蛙の腹に入れといたやつさ」

「知らないよ、そんなの」

　嘘をついているようすはない。

「え」

　話が進まない。

「おい、どういうことだ？」

　康四郎が割って入った。

「へえ、全部、話します。じつは、あっしとおたみは、恋仲になっております。でも、親方の目もありますから、そうそうベタベタするわけにはいきません。それで、毎日、話をするかわりに、裏のお稲荷さんにある蛙の置物の下に文《ふみ》を入れ、それでやりとりをしていたんです」

「なるほど」

と、康四郎はおたみをちらりと見た。藤村には、なにやら羨ましそうに見えた。こっとうやでおかねにかえて、この前、その蛙の置物の下に、『そふがつかっていたもの。こっとうやでおかねにかえて、おかねはれいのところにいれといて』という文と、根付が入っていたんです」

三七がそう言うと、おたみは、

「まあ」

と言い、手で口をふさいだ。

「あっしは、てっきり、おたみさんのものだと思いました。というのも、前にもそういうことがあったからです」

「ああ、あたしが昔、勢いで買ってしまった簪《かんざし》をね」

「あっしらは、必死でお金を貯めてるんです。おたみさんは、親方の兄さんの子ですが、両親が相次いで病で亡くなり、親方が親がわりになっている。でも、親方のところだって子だくさんだから、そうそう世話になっていられない」

「それで、いっしょになる日のために、お金を貯めているんです」

と、おたみがつづけた。

「字がちがうとは、思わなかったのかい?」

と、長助が強い口調で訊いた。

「ええ、いつも急いで書くので、かなりのくずし字になってしまうんです。それもそうだったので、まったく疑うことはしませんでした」

と、三七が答えた。

「だいたいはわかった。それで、さっき文にあったという、例のところとはどこだ?」

と、康四郎が心配そうに訊いた。

「竹の窓枠なんです。おたみさんの寝起きする部屋の窓にはまってて、そこは外からでも取り外しできるんです。その中に小銭などを入れてます。あっ、まさか……」

三七が青くなった。

「あたし、見てきます」

おたみが駆けていき、すぐに竹筒を持ってもどってきた。

「大丈夫、ありました」

太めの竹で、上の節のところに、平たい穴が開いている。ここから銭を入れるのだ。おたみはその穴に光が差すように見て、

「あ、いちばん上に小判も見えてます」

「その小判はもどしてもらうぜ」

と、康四郎が言うと、

「もちろんです。こんな気味の悪いもの」

おたみはきっぱりうなずいた。

「でも……その根付というのは？」

「青猫が盗んだやつだったのさ」

と、三七が言った。

「まあ、ひどい。三七さんとあたしを、誰かが罠にはめようとしたのね」

おたみは唇を噛んだ。目にじわりと涙がふくらみ出し、つつっと一筋、頬をつたった。

康四郎はしばらく長助と何か耳打ちをしていたが、

「お前たちのやりとりを知っている者じゃないとできないな。蛙の下の文のことや、竹筒のことを、誰か、知ってるのか？」

と、訊いた。

「いえ、誰かに、見られていたなんて」

「まさか」

と、おたみが顔色を変え、

「まさか、ちがうわよ」

「なんでえ、おたみさん、言いなよ」

「仙吉《せんきち》さんが……一度だけ、石の蛙の上に坐ってた……」

「兄《あに》さんが……」

「でも、さりげなく坐ってるだけだったので、なにも疑ったりしなかった」

「その仙吉ってのは？」

「親方の弟子で……」

三七が語り出すとすぐ、藤村はうなずいて立ち上がった。

「そいつだ、間違いねえ」

深川万年町に、たくあん長屋と呼ばれる長屋がある。朝、昼、晩と、ぱりぱりというたくあんの音しか聞こえない、ほかにおかずを食っているのを見たことがない、そういう貧乏人ばかりがいるからだという。

鳶職人の仙吉は、この長屋に住んでいた。

いまでは、腕利きの鳶として、なかなかの稼ぎなのである。それでも、仙吉はこの長屋を出ていこうとはしなかった。ここで生まれ、育ったからだった。

「あ、来ました。あれが、仙吉兄さんです」

通りをはさんだところにある寺の塀の後ろに隠れて、三七が康四郎に告げた。仙吉の顔を見た康四郎は、わきにいた長助とうなずき合った。

愛嬌のある顔だった。目がまん丸で、鼻がひしゃげている。唇はひょっとこのように突き出ていた。ただ、月代《さかやき》はやけに青々とすっきりしていた。

仙吉は、愛嬌のいい顔にふさわしく、長屋の住人にも愛想がよかった。

「よっ、熊さん。今日も男らしいね。おや、おたけさん、太いおみ足が丈夫そうだね。なんだい、猫ちゃんもおいらにお帰りってかい」

手に持った扇子でぱたぱたと調子を取るように、へらへらしゃべりながら、自分の家に入っていった。

「いつも、あんな調子なのか？」

と、康四郎が三七に訊いた。

「そうです。いつも、あんな調子です。かわいそうです」

「かわいそう？」

と、長助が訊いた。

「子どもの時分に、おやじから幇間、太鼓持ちの修業をさせられたそうです。もちろん、当人はそんなもの、やりたくなかったと言ってました。でも、染み付いてしまうんです。ガキのころに染み付いたものは、なかなか抜けないんです。兄さんは、きっと相手を笑わさないと不安になるんだと思います」

「ほう」

「前に聞いたことがあります。とにかく、朝、起きてから、夜、寝るまで、ずぅっとしゃべりつづけるというのをやらされていたんだそうです。なんでもいいから、しゃべりつづけろと。だんだん、頭がおかしくなる気がしたそうです」

康四郎は三七をじっと見た。娘っ子たちが思わず振り向くほどの二枚目だが、そういう男にはめずらしいような、人の弱さへの優しい眼差しを感じたからである。

「それに、兄さんはよく、こぼしてます。あっしが真面目な顔をしても、誰も本気にしてくれない、マヌケな面《つら》に生まれちまったもんだぜ、って」

「おめえ、同情してるけど、あやうく根付の盗みをおっかぶされるところだったじやねえか」

と、長助は言った。

「それはちがいますって。いまから、すぐにわかりますから」

仙吉が家に入ってまもなく、長屋におたみが駆け込んできた。

おたみが話している声は聞こえないが、なんと言ったのかはわかっている。

「三七さんが、青猫だって、お役人に引っ立てられて……」

これを聞いて、仙吉はどう動くか。

康四郎たちは、それを確かめようとしていたのだ。

というのも、三七が、

「兄さんは、本気で青猫の悪戯をあっしのしわざだと思わせようとしてるんじゃない。あっしが捕まっても、また、青猫が出現したら、あっしの疑いは晴れる。そうするつもりなんです」

と、仙吉をかばったからである。

「たぶん、おたみとあっしが逢引するのを見て、悔しくていたずらをしたくなったのだと思います。兄さんが荒っぽい気質だったら、喧嘩騒ぎを起こしたりするんでしょうが、ああいう性格だから、周囲を驚かせて、愉快な気分になりたかったんです」

だが、おたみがもどっても、仙吉はまだ、家から出ずにいた。

一刻が過ぎ、さらに半刻が過ぎた。そろそろ町木戸も閉まり出してしまう。

康四郎は不安になっていた。父や鮫蔵に勧められてこんなことをしてみたが、もしも仙吉が動き出さなかったら、ひどく嫌な思いを味わいそうである。

家の明かりもぽつぽつと消えかけたころ。

仙吉の家の障子が開いた。

「ほらね」

と、三七が言った。

仙吉は路地を出ると、寺町沿いに、富岡橋のほうに歩いていく。足取りは、さすがに顔からは想像しにくいほど軽やかである。

「やっぱり黒江町のそば屋を狙うんですよ」

三七は、次に仙吉が狙うところがわかると告げたのである。それは、黒江町のやたらと通ぶったそば屋だった。そばを食うのは、禅の修行と同じだとかぬかして、食い方が悪いと、いきなりそばを引き上げてしまう。だが、それは嘘っぱちで、要は高い値段のそばを、喜んで食う常連たちが欲しくてしている芝居なのだ。

三七と仙吉は、このあいだ、そのそば屋のわきの現場で仕事をした。そのときの仙吉は、そば屋のあるじを心から馬鹿にする顔をしたという。

だから、次はそこを狙うはずだというのだ。

仙吉は本当にそば屋の前に立った。〈喝庵《かつあん》〉などという気取った屋号を掲げていた。おやじの偉そうな顔つきが見えるような、けやきの看板だった。

康四郎たちは、足を止めた。

「じゃあ、おめえにまかせていいんだな」

「ええ。大丈夫です」

三七はうなずき、仙吉のいるほうに腰をかがめて接近していった。

仙吉は、後ろから三七が来ているのに気づかず、隣りの家の塀に手をかけたかと思うと、猫のように屋根へと飛び上がっていた……。

「兄さん」

「えっ」

仙吉は、屋根の上で突然呼びかけられて、転げ落ちそうなくらい仰天した。

「おいらだ、三七だ」

「嘘だろ。だって、おめえは……」

「町方に引っ立てられたっていうのは、嘘だ。そう言えば、兄さんが必ず、青猫として動き出すはずだと思ったんだ。おいらが青猫じゃねえことを証明するためにさ」

「なんだって、おめえは」

「兄さんの辛い気持ちは、わからねえわけじゃねえ。世間を驚かせるのも、きっと愉快なことなんだと思う」

　三七の言葉に、仙吉は屋根の上でそっぽを向いた。

「嘘つけ。おめえになんか、絶対、わからねえよ。おれみてえに、ずっと沢庵石をのっけられたような人生を送ってきた気持ちは」

「兄さん。わかるさ。おたみにしか言ってないけど、おいら、捨て子だったんだぜ」

「えっ」

　仙吉が大きく息を飲む音が、闇の中で響いた。

「下谷の山崎《やまざき》町で、番太郎たちに育てられたんだよ。嘘だと思うなら、あそこの番屋で聞いてきたらいいさ。だから、兄さんと同じじゃないだろうが、人には言えねえ苦労もしたんだぜ」

「…………」

仙吉はしばらく息を飲んでいたようだったが、

「馬鹿野郎。おめえは、娘っ子なら誰でも振り向くいい男じゃねえか。おれのみじめさとは全然ちがうさ」

「兄さんこそ馬鹿だよ。娘っ子だけじゃねえ。気色の悪いジジイだって振り向くんだぜ」

「あ……」

「子どものときに、油でてらてらになったおやじに舐められるのを我慢しなきゃならないときも、何度あったか。いいように見えるものの中にも、悪いものがひそんでる。みんな、同じだろ。おれたち、さんざん味わってきたことだろ」

三七の言葉を、息を飲んで聞いていたのは、仙吉だけではない。下にひそんだ藤村たちも同様だった。

――なるほどねえ。いい男もてえへんだわな。

「とりあえず、屋根から降りようぜ」

と、三七が言った。

「下にいるんだろ。町方の人たちが」

「ああ、いっしょに来たのさ」

「わかってたさ。いつか、こういう日が来るってことは」

三七と仙吉は、あいついで地上に降りてきた。

仙吉は、前に出た康四郎の、八丁堀独特の着流し姿や、朱房の十手を見て、神妙に手を出した。

「でも、あっしは何ひとつ盗んでませんぜ。あ、あのちんけな根付以外は」

仙吉は胸を張った。

「ところがな、あの根付はちんけな代物とは言えないんだ。あれの買値がちょうど十両だったというのさ」

と、康四郎が言った。

「十両！　そんな馬鹿な」

十両盗めば首が飛ぶことは、子どもでも知っている。

仙吉の顔が紙のように白くなり、足が立てないほどがくがくしはじめたのがわかった。

そのとき、藤村が一歩前に出て、

「仙吉よう、おめえを獄門にかけたくねえから、ひと芝居打たなくちゃならなくなった。わしたちを信じてくれるかい？」

その藤村の言葉に、三七がかぶせた。

「信じてくれよ、兄さん」

「わかったよ。どうせ、おいらの身から出た錆なんだもの」

それを確かめると、藤村はすぐに振り向いて言った。

「長助。おめえ、鮫蔵を呼んできてくれ。鮫蔵の力を借りなくちゃ、どうにもならなくなったと言ってな」


青猫が、深川の夜の闇を疾駆した。屋根と屋根の谷間を、怪しい獣のように飛び越えた。流星が尾を引くように、白い影を残していく——そんな幻想のような影の動きだった。

「青猫だ、青猫だ」

汚濁したようなしゃがれ声を上げているのは、岡っ引きの鮫蔵だった。深川中の嫌われ者が出ばってきたのだ。その大声につられ、家々から野次馬たちが次から次へと飛び出してきた。

「こっちだ、こっち」

鮫蔵が走ると、元は埋め立て地だった深川の地面が、ぐらぐら揺れるほどだった。

だが、鮫蔵はさすがに腕はいい。巧みに青猫の行く手をさえぎっていき、狭い一画にまで追い込んでいった。

青猫は船宿の屋根から、いったん柳の枝に飛びついて、地上に降り立った。そこから、前に舫《もや》ってあった猪牙舟《ちょきぶね》に乗ると、夜の大川へと漕ぎ出した。

「しまった、川に逃げやがったぞ」

この周囲に舟はなく、鮫蔵は地団太を踏んで喚いた。あとを追ってきた野次馬たちは、川っぷちに立って、逃げきったことへの賞讃を小さな声でつぶやいた。

そのときだった。一人の武士が永代橋のほうから駆けてきた。

「わしにまかせろ」

と叫んだのは、夏木権之助忠継だった。

夏木は手に楊弓を持っていた。

岸と舟とのあいだは、ほぼ二十間。

「あれだな」

十日を過ぎた月とはいえど、淡い月光である。

それでも夏木はためらうようすもなく、弓に矢をつがえると、きりきりと引き絞った。

ひょお。

と、矢が放たれた。

岸に駆けつけていた野次馬たちから、

「ああ」

悲鳴のような声がいっせいに上がった。

その悲鳴に押されるように、矢は青猫の背の真ん中に突き刺さった。

「ぎゃああ」

獣のような啼き声が、大川の川面《かわも》を走った。青猫はやはり人間ではなかったのだ、と思った者もいた。それから、身体がゆっくりと斜めになり、
ざぶん。

と、頭から転がり落ちた。

「やった、やったぞ」

鮫蔵が大声で喚いた。臆面もない、下品で派手な喜びようだった。これで、鮫蔵はますます、町中の人たちから嫌われるのはまちがいなかった。

少し離れた岸辺では、藤村慎三郎と康四郎の親子が並んでこの騒ぎを眺めていた。

もうまもなく、野次馬の視線とはまるで離れたあたりに、そっと二つの頭が浮かび上がるだろう。一つは青猫こと、仙吉の頭。もうひとつは、仙吉の泳ぎを助けた、水練の達人の七福仁左衛門の頭である。

「康四郎。手柄になったかもしれぬが、すまんな」

藤村は水面を見たまま、そう言った。

康四郎はこの一連の騒ぎに、すっかり興奮した頭を冷やそうとするかのように、しきりに扇子で風を送りながら、

「いえ。無駄な罪人をつくらないというのも、同心の務めだったのですね。教えてもらいました」

と言った。

これに対する藤村の返答ときたら、まことにぶっきらぼうな調子だった。

「教えてなんざいねえよ。おめえが学んだのさ」

第四話　幼なじみ

一

七福仁左衛門は、菩提寺である西徳寺《せいとくじ》に墓参りに来ていた。お盆が近いので、草でもむしっておこうと思ったのである。

ここは深川といっても、むしろ本所に近い。檀家にも武家が多く、墓地にも二本差しの武士の姿がちらほら見えていた。

ここには、七福家の代々の先祖が入っている。

四代前か、五代前かはっきりしないのだが、創業は元禄十五年。赤穂浪士の討ち入りがあった年である。それくらい前から箱崎《はこざき》の北新堀町で、〈七福堂〉という大きな小間物屋を営んできた。

先々代と仁左衛門のおやじの代はやたらと景気がよかったらしく、近辺に土地や家屋を買い増しして、かなりの資産を築いた。仁左衛門も前の二代ほどではないが、いま住んでいる長屋と土地は、自分で買ったものである。

ここまでは無事に来たが、この先はわからない。

倅の鯉右衛門は、このところ毎日、駆けずりまわっている。どこに行っているのかはわからない。かごぬけ詐欺の一味は、千住のほうで捕まったらしい。もちろん、金などは使いきったか、隠したかして、出てくるはずがない。

鯉右衛門は、三百両を急いで取りもどす気なのか。七福堂ほどの商売なら、それくらいをこつこつ貯めようと思えば、そう難しくはないのだが、いっきに稼ごうとしたら、また、別の商いを成功させなければならない。

仁左衛門は、嫌な予感がしている。鯉右衛門は昔からせっかちなところがあった。しかも、数字に強いというのが自慢でもあったから、詐欺に遭《あ》ったというのは自尊心を著しく傷つけられたにちがいない。

——機を見るのと、焦るのとはちがう……。

しかし、家督を譲ったいま、黙って見ているしかないのだった。

ふと、隣りの墓に目がいった。この墓は〈長州屋〉の墓で、先代まで箱崎でも指折りの履物屋だった。下駄から草履まで、高級品から安いものまで取り揃え、ずいぶん繁盛していた。ところが、仁左衛門の幼友だちでもあった春三郎《しゅんざぶろう》が、おかしな相場に手を出したかして、いっきに家業が傾いた。あげくには一家そろって夜逃げをし、いまや行方不明になってしまっているのだ。

だから、墓もしばらく誰かが訪れた形跡はない。仁左衛門はこっちの草もむしってあげた。

——商いというのは、油断も隙もないのだ。

つねづね良心的な商いを心がけても、粗悪な品に駆逐されることもある。育ててやった後輩から、寝首をかかれることもある。といって、いつも怯えたり、苛立ったりしていても、お客はついてこない。まさに綱渡りなのだ。仁左衛門も、わが身を振り返れば、よくぞここまで無事でという思いがある。

あらためて、ご先祖に手を合わせ、七福家の無事を何度もお願いし、ようやく帰りじたくを始めた。

墓石に囲まれた路地のような狭い道をいくどか曲がると、昔の友人である浜田《はまだ》三《さん》次郎《じろう》の墓の前に出た。すると、めずらしく中年の女が手を合わせている。美人とまではいかないが、小づくりの、感じのいい顔である。

浜田は独り身のまま死んだから、未亡人ではない。

墓の前に立てた線香の煙が、まっすぐ上に上がり、ふいに手の平をそよがせるように揺れている。まるで、おいでおいでをしているようにも見える。

「もしかして……」

仁左衛門は、つい、ふらふらっと歩み出て、中年の女に声をかけた。

「浜田さんの妹さん？」

「ええ。妹の久美《くみ》でございます」

静かにうなずいた。怜悧《れいり》そうな目元が浜田と似ている。

「そうでしたか。やっぱりねえ。いや、じつはあっしは、子どものときに、浜田さんとよくいっしょに泳いだ仁左衛門と申します」

「ええ、藤村さまと仲のよろしかった」

「そうです、そうです。ああ、藤村さんはご存知でしたか？」

「お会いしたことはありません。ただ、兄から、北町奉行所の同心におなりだとは聞いていました」

仁左衛門は墓のそばに行き、久美と並んで手を合わせた。耳元で、少年のころに大川で泳いだときの、浜田の笑い声が聞こえた気がした。

するとと、目の前がふいに熱くなった。この数日、お盆が近いせいか、やたらと死んだ人間のことが懐かしくなる。夢にも見たりする。忘れていたことも思い出したりする。数年前までは、そんなことはなかった。気が弱くなっているのかもしれなかった。

久美が手桶などを持って歩き出したので、仁左衛門もあとを追いながら、

「浜田さんが亡くなって、もう十年ほど経《た》ちますかね」

と、訊いた。

「いいえ、今年は十三回忌に当たります」

「そんなに経ちますか。お盆の最中に亡くなっちゃいましたからね」

浜田は腹を切って、自ら命を絶った。その報《しら》せは、三日ほどして、藤村から聞いたものだった。

「ええ、突然のことでした」

「頭がいい人だったから、いろいろ思い詰めたんでしょう」

「夢見がちなところもありましたから」

「嫁御ももらわずに、学問に熱中したんでしょうな」

寺を出たところに、水茶屋が出ていた。

最近、できたばかりらしく、すだれや腰掛なども真新しい。

「よかったら、麦湯でもどうですか。もう少し、浜田さんの懐かしいお話もうかが

いたいですし」

　と、仁左衛門は遠慮がちに声をかけた。

「それでは少しだけ」

　いちばん奥の縁台に並んで腰を下ろした。

「まったく、あのときは驚いて、何があったのか、見当もつきませんでした」

　と、仁左衛門が言った。

「わたしどもも同じです。何があったかわかってきたのは、兄が亡くなって一年以上経ってからでした」

「ほう、わかったこともありましたか」

「もう古い話ですから、お話ししてもよろしいでしょう。ただ……」

　久美はうつむき、手にしていた数珠をすこしこするようにした。

「なんでしょう？」

　と、仁左衛門が訊いた。

「当時、いっしょにお仕事をなさっていた方もおられますので」

「ええ、差しさわりのあるあたりは、伏せてお話しいただいても」

「わかりました。兄が、天文方に出仕したのは、ご存知でしたでしょうか？」

「それは伺いました。たしか浅草にある……」

「はい。片町にある司天台に」

改暦をおもな仕事とする幕府の天文方は、貞享元年（一六八四）につくられた。天文観測をおこなうための司天台は、当初、本所二つ目先につくられたが、湿潤の地であったため、まもなく駿河台《するがだい》に移った。その後、神田佐久間町《かんださくま》、牛込光照寺《うしごめこうしょうじ》門前と替わり、天明二年（一七八二）、浅草片町裏通りに移転した。これが、それである。

低地であったため、築山をつくり、その上に天文観測の器材を設置した。周囲からしたら、異様な建造物である。そのため、大勢の人がこの司天台をものめずらしげに眺めながら通り、北斎《ほくさい》の浮世絵などにも描かれたりした。

幕府のほかの役職と同様に、天文方もまた、代々の家が勤めた。西川《にしかわ》家、猪飼《いかい》家、高橋《たかはし》家などである。

浜田は算術に長《た》けていたため、とくに出仕がかなった。だが、浜田は次男であり、代々お抱えとはならなかった。

「あっしらも、浜田さんが天文方に出たとうかがって、まさにぴったりの仕事だと思ってました」

四人で江戸湾の沖に出て、海に浮かびながら空を眺めたことがあった。いちばん熱心に夜空のことを語ったのが浜田だった。

西洋では、このたくさんの星に名前があるということは、浜田から教わったのではなかったか。

「ところが、天文方へ行きますと、さすがに優秀な方がたくさんおられまして、兄もずいぶん焦ったりもしたようです」

「あの浜田さんでもねえ」

「しかも、兄はそのうち、不思議な空の悩みにとらわれましてね」

「空の悩み？」

思わず、上を見た。

真っ青な夏空が広がっている。雲は秋のそれのように薄く、刷毛《はけ》で掃《は》いたようなのが幾筋かあるだけである。そこに何かの悩みがあるとは想像もできない。

「この大地、これは丸いかたちをしてるんだそうですね」

「は？」

そんなことは考えたこともない。

「丸いから地球というそうです」

「丸いと、転がり出したりしないいんですか」

「ええ。それでこの地球が、お天道《てんと》さまの周りをまわっているんだそうです」

「浜田さんがそう言ったんですか？」

「いえ、兄が言ったわけではなく、そういうことを西洋の学問が解き明かしたのだそうです。ただし、兄も、理屈としては理解しても、自分の感情のほうが、どうにも納得いかなかったようです」

「そりゃあ、浜田さんだけでなく、誰だって納得いきませんよ」

「そのうち、星を見ていると、なんか怖いような、神や仏のこともわけがわからなくなるような、不安な気持ちになっていたみたいです」

「へえ、そりゃあまた」

浜田はたしかに、ときおり落ち着かないような、不安げな顔をするときがあった。遠くまで泳ごうというときも、いちばん心配していたのは浜田だった。逆に、止めないと、どこまでも行ってしまうのが夏木だった。

「そんなとき、兄の悩みがすべて解決するという天球儀が入手できそうだという話が出てきたのです」

「え、なんですって？」

「天球儀といって、丸いかたちをしてまして、それに星の位置を点々で記してあるんです。地球はその丸の真ん中にあると考えると、そこから見える星がわかるんです」

「ふうん」

「しかも、それにはお天道さまのほか、月の位置や、空の摂理というものまでかたちになっているのだそうです。兄は、その前年から天文方の会計を担当していたのですが、自分の判断で、その天球儀の購入を決めたのです」

「よろしいじゃないですかね。それくらいの決定をしても」

「ところが、この天球儀をつぶさに見てみたら、二つの天球儀を合体させたもので、とても空や星の謎を解くような代物ではないことがわかったのです。独断で決めた買い物で、上司に見せることもできない。買ったところに行って、金を返せと交渉もしたらしいのですが、断わられたのでしょう。仕方なく、埋め合わせをするため、親戚中に借金を無心しはじめたのです……」

　久美はそこまで話し、ふいに、

「あっ」

　と表情を硬くした。

「もしかして、あなたさまのところにも、兄は行かれたのでしょうか？」

「いいえ、うちには来てませんよ」

と、仁左衛門は否定した。が、それは嘘である。仁左衛門のところにも、藤村と夏木のところにも、浜田はやって来て、借金を申し込んだ。

このことをきっかけに、仁左衛門と藤村、夏木の付き合いが再開したのだが、あとで打ち明け合ったところでは、仁左衛門は十両、藤村は二両、夏木は五両を融通していたのだった。ところが、まもなく浜田が自害してしまったため、貸した金はお香典ということで、忘れることにしたのである。

「それはよかったです。兄が自害したあとで、ずいぶん返済の催促があり、長兄は心苦しい思いをしたようです。ただ、わたしは亡くなった兄がかわいそうで……。月や星のことで悩んだすえに、気持ちが衰弱して亡くなったとかいうならまだしも、あの兄がお金のことで死ぬなんて……。お金の欲などというものは、これっぽっちもなかった人でした……」

久美はうつむき、しばらく嗚咽《おえつ》した。

久美から聞いた話はそれくらいのものだった。

そのあと、久美が黒鍬組《くろくわぐみ》の野間《のま》という家に嫁ぎ、本所の組屋敷にいることを聞いてから、別れを告げた。

この日の夜は、入江かな女一門の句会が開かれた。めずらしい夜の句会で、蛍狩りもかねて開催された。

場所は深川の西のはずれ、砂村新田である。舟で堀伝いに、三十間川に入り、木場の横をまっすぐに突っ切ると、もう砂村で、ここの神社に集合した。

涼みがてらの気持ちもあってか、参加者も多い。しかも、昨夜あたりから、蛍の大量発生があり、幻想的な光景には誰もが句作を忘れて見入ってしまった。まさに、暗黒の夜空で、星が生まれ、散らばっていくような光景だった。

「みなさま。句作のほうもお忘れなく」

かな女の声がしているが、どこに誰がいるかもわからないような状態で、かな女の命令は行きわたらない。景色はともかく、句作のほうは、失敗に終わりそうである。

しかも、この夜は初心者が中心で、黙って聞いていると、

「夏と冬の句にしたいので、季語も二つ入れないとな」

などと、頭を抱えたくなるような話もしている。

仁左衛門ですら、

「あっしもたしかに初めてのときは、ひどい句もつくったよ。でも、あそこにいる馬具屋の隠居ほどは、ひどくなかったと思う。つくったのを見せてもらったけど、

ほら、これだぜ」

と言う始末だ。

星の数十まで数えておらやめた
天の川橋があっても渡れない
綺麗かないや汚いか蛍の屁

「な、ひどいだろ。おら、やめた、ときたぜ」

「そうかな。おいらは、大川にふんどし流す馬鹿なわし、のほうが凄かったような気がするけどな」

「わしも、あれを師匠に見せたときは、一目散に逃げたくなった」

「そう言うなよ」

仁左衛門は、照れ笑いするしかない。

「ところで、仁左、さっきの話だが、浜田の妹に会ったんだと？」

と、藤村が訊いた。

「そうなんだよ」

仁左衛門は、久美とのやりとりを語って聞かせた。そのあいだ、師匠のかな女もやって来たが、仁左衛門の話につい、聞き入ってしまう。

「なるほど。じゃあ、その天球儀でだまされ、金のことで立場がなくなり、腹を切ったというわけか」

と、藤村は言った。

「そうなるな」

仁左衛門も半信半疑といったような顔つきである。

「やはり、解《げ》せぬ。なあ、夏木さん」

と、藤村は空を仰いで言った。雲が湧き立つように動いている。

「解せぬ。金を借りに来たとき、浜田はそんな切羽詰まっていたかな」

「そうでもなかったな。まさか死ぬなんて、思いもよらなかったもの」

と、仁左衛門があらためて、当時を思い出した。

「もう少し詳しい話が聞きたいな」

藤村は同心の顔になっていた。

「ところで、仁左、さっき妙なことを言ったな。地球というのは、この大地のことであろう。それがお天道さまの周りをまわっているだと。星だと?」

と、夏木は言った。

「あっしが言ったんじゃねえ。浜田さんが言ってたんだ」

「浜田も賢いと思っていたが、そうでもなかったのかのう。この大地が星だったら、もっと光っていなければならんだろうが。この蛍のように」

「そら、そうだな」

と、藤村も夏木の肩を持った。

藤村が子どものころ、父親から教えてもらった世界の全体像はこうである。

この世界の中心には、須弥山《しゅみせん》という恐ろしく高い山がある。これは海の中に屹立しているらしい。その海の中にいくつかの島があり、地球もそのうちの一つだというのである。

そして、日も月も星も、この山の周囲をぐるぐるとまわっているのだそうだ。

だが、さすがにこれは眉唾だと思ったのは、その須弥山の上のほうに大きな象がいて、天はその象が支えていると聞いたときだった。では、その象に誰がエサをあげているのだと思ったのである。

須弥山はがらがらと崩れ、父親への信頼もかなり失墜したものだった。

「あら、あたしも聞いたことがありますよ。この地球というのは、お天道さまの周りをまわっているって」

と、かな女が言った。かな女の声が、一時と比べて、ずいぶん明るくなってきている。歌舞伎役者の岩井五之助と別れたときは、痛々しいほどの落ち込みようだった。

「そういうことを考えていたら、おかしくもなるだろうな」

「それにしても、夜空というのはきれいなものですねえ」

と、かな女は言った。

「まったくですなあ」

「雲のようすも、昼間見るのとはずいぶん違うようですわ」

「地面の上でいい景色の家を見つけるのは大変だったが、夜空の美しさは、江戸のどこでも眺められるからいいな」

仁左衛門がしきりに後ろを振り向いている。

「どうした、仁左」

「いやね、さっきからあっしの肩先に人の息を感じるので、浜田さんが来たのかと」

「やぁだ、七福さま」

かな女が、まるで俳諧の師匠らしくない、黄色い声をあげた。

二

雨が降っていた。凄まじい雨になっていた。屋根や地面を打つ雨音が、うるさいくらいだった。窓を開けていれば、雨が吹き入るし、閉めれば暑いし、仕方がないので、ボロ切れを窓際の畳に敷いて、室内が濡れるのを防いだ。

さっきまで雷もひどかったが、いまは雷はおさまっている。

夏木は小助の家に来ていた。この雨では、お座敷もなくなるだろう。

深川は出水《でみず》が心配だし、こんなときにわざわざ遊びに来る者もいない。

「やぁね、退屈だわ」

小助が窓の外を眺めながら、そう言った。すると、夏木は立ち上がって、

「そうだ。小助、凄いことを教えてやろう。お前、この座敷の真ん中に坐れ」

「何、するんです」

小助は肩を摑まれ、しぶしぶ座敷に腰を下ろした。

「お前がお天道さまなんだ。そして、わしがこの地球だ。するとな、わしがこうやってぐるぐるお前の周りをまわるんだ」

「やあね、目がまわるわ」

「そんなことは言っていられない。とにかくまわりつづけている」

夏木はまわりながら言った。

「わしがそなたの周りを、ぐるりとまわると、それが一年なのだ。早くまわればまわるほど、その分、歳をとるぞ」

「なあに、それ？」

凄い速さでまわった。

まわりすぎて目まいがして、体勢を崩した。

「おっと」

いきなり横倒しになった。畳に転がる寸前に、左の肩のあたりに、柔らかい感触がしたと思った。

「ぎゃっ」

と仔猫の若さまが鳴いた。すぐに断末魔の叫びとわかる、凄まじく、しかも悲しい声だった。

「若さま！」

小助が仔猫を抱き上げた。胸がつぶれ、口から血を吐いていた。

「あああ、嘘でしょ。嘘よね」

「これは、いかん」

夏木が慌てて、仔猫の腹を撫《な》でた。ぴくりともしない。

「あああ」

小助は声を枯らして泣き、夏木を吊り上がった目で睨《にら》んだ。

「許せ、小助」

夏木は手を合わせた。

「許せですって」

「わしだって、かわいいと思いはじめていたのだぞ」

それは嘘ではない。見ていると、生き物の愛らしさに心が癒《いや》される思いもした。

「出ていって」

「悪かった」

「イヤなの。最近、年寄りの臭いがするし」

そんなこと、いま言われても……とは思ったが、

「朝と晩に、湯に浸《つ》かることにする」

「じゃあ、若さまを返して」

「わかった。同じような三毛猫を探してくる」

と、立ち上がると、

「それは違う猫でしょ。死んだ猫を返して」

「それじゃ、化け猫だぞ」

つい、笑いながら言った。

「なんですって」

小助は激しく怒った。

「あんたとは別れる。ずっと別れたかった。気持ち悪くて仕方なかった。二度と話しかけないで」

小助は、仔猫の死骸を置いたまま、雨の中を飛び出していった。


小助の仔猫の死から二日ほどして――。

七福仁左衛門は、深川の門前仲町にある〈かわしま〉という茶屋に来ていた。中庭がまるで中国の墨絵のように、石と苔でつくられていて、これを見たくて来る客も多いと言われていた。

ここで芸者を待っているのだ。

茶屋に芸者を呼ぶ。これが本来の遊びかたである。だが、同じ深川でも、島田町あたりは、芸者がいる家に客のほうから遊びに行くようになっている。格はもちろん、茶屋を利用するほうが上である。

頼んだ芸者は小助である。夏木がついこのあいだまで、西平野町に囲っていた女であり、大喧嘩の末に別れたということだった。

だが、夏木はどうしても諦めきれないので、あいだを取り持ってくれるよう、頼まれたのである。

「頼む、仁左。話にも何にもならないのだ。お座敷で呼んでも来やしないし、あいつの機嫌を直してくれ」

「そんなこと言われてもねえ」

頭を下げられ、仕方なく引き受けてしまった。

仁左衛門は、夏木とちがって、この手の遊びはそれほど経験がない。一人で芸者を上げて遊ぶなんてことはしたこともない。本来、一客一妓は芸者遊びの基本だから、通人はこっちを好むのだが。

「お待たせ」

声がした。高く張りのある声だった。

「小助でございます」

男羽織を着て、若衆髷を結《ゆ》っている。顔が小さく、目がきらきらしている。窓辺で下から見上げたときより、さらにかわいらしく見える。

伊達《だて》とお侠《きゃん》が売り物の深川芸者だが、「三十振袖、四十島田」と言われるほど、深川芸者には歳を若く偽る者が多いと言われた。

だが、この小助は本当に若い。もちろん、眉も落とさず、鉄漿《おはぐろ》もしていない。本物の振袖である。おそらく、仁左衛門の女房のおさとよりも、もっと若いだろう。

「お一人……？」

「そうだよ」

「あら、どこかで？」

「夏木さまの友だちだよ」

と言った途端、小助の顔が変わった。ひきつったようになり、口元がぎゅっと結ばれた。しかも、驚くような言葉も出た。

「しつけえなあ、あのジジイ」

「おい、それはひどいぞ」

「だって」

三味線と唄という表芸だけで世を渡るのが、芸者というものである。だが、よほど景気のいい時代ならともかく、実際は不可能である。

そこで、小助のように旦那を持つ女もいれば、誰彼なく転ぶ女もいた。

夏木は夢中になった。もちろん、女のほうは、夏木と同じように夢中になったはずがない。

「もどってきて欲しいそうだ」

「無理」

断わりかたに、優しさというのがない。これでは相手も立つ瀬《せ》がなくなる。

「それに、あたし、もう別の男ができたから。というより、いたから」

「二股膏薬か」

「そうだね。ジジィに面倒見てもらってるときも、しょっちゅう会ってたし、弟なんて嘘ついてたけど、風鈴とか、洗濯ものの色とかで合図してたし」

そっぽを向いたまま、ふてくされた調子でそう言った。

なんだ、この娘は、と仁左衛門は呆《あき》れた。蓮《はす》っ葉《ぱ》で、情けなどというものは、これっぱかりもない。実もない。

だが、夏木はそうしたこの娘の駄目なところも承知しつつ、惚れたにちがいなかった。男は清くて、けなげで、潔白な女に惚れるわけではない。むしろ、その逆の女に惚れたりしがちなのだ。この娘に、この世で本当に大事なものを気づかせてあげよう、などと思ったりもするのだ。

──そんなこと、できるわけがないのに。

仁左衛門は早々と諦め、勘定を済ませて外に出た。

夏木は、茶屋の近くの道端で待っていた。初秋亭で待っているはずだったのだ。

「こんなところにいたのかい」

それじゃあ、みじめすぎると思ったが、さすがにそうは言えない。夏木のこの率直さが、いいほうに出ることも多いのだ。

七福は、かすかな期待も持たせないほうがいいと判断し、

「夏木さん、駄目だよ、あれは」

と、きっぱりと言った。

「女心となんとかてえやつ。要するに飽きられたんだよ」

「そうか。やっぱりな」

肩を落とした。かわいそうなくらいの落胆ぶりだが、夏木の場合は、立ち直りの早さも期待できるのだった。

七月十三日から十五日（旧暦）は、盂蘭盆会《うらぼんえ》である。

あの世から亡くなった人の魂がやってくると言われ、迎え火や送り火を焚いた。

しかも、浜田はちょうどお盆の最中に亡くなったので、今年は十三回忌に当たっていた。

「どうだ。お盆の最中に、浜田を偲ぶ句会をやらんか。他人はまじえず、この初秋亭で。浜田の妹も呼ぶといい」

藤村がそんなことを言い出した。

「いいねえ」

仁左衛門は、一も二もなく賛成し、憔悴したような夏木も、

「まかせる」

と、一応、首を縦に振った。

かな女も誘ったが、さすがにお盆は用が立て込んでいるそうで、断わられた。

だが、浜田の妹の久美は、喜んで出席した。発句をつくったことはないが、川柳は好きで、一度、〈柳樽〉に載ったこともあるという。

庭に盆棚をつくった。竹で骨組みをつくり、盆花を飾りつけた。浜田の位牌を持

ってきてもらい、ここに置くことにした。庭の軒先にも盆燈籠を吊るした。

夕方になって、久美がやってきた。

「風流なお住まいですこと」

入ってきて、家を一巡りすると、久美は感激した口ぶりで言った。

「風流というか、酔狂というか」

と、仁左衛門は笑った。

「大川のほとりで、夜空もよく見えて」

「ええ、景色だけは自慢です」

と、藤村が言った。

「こんなところに呼んでもらって、兄もどれほど喜んでいるでしょう」

生きていれば、おそらくこの仲間に入っていたはずである。

だが、浜田にあんなことがなければ、三人の付き合いも再開してはいなかっただろう。人の世の不思議さは、三人がつねづね語り合うことでもあった。

夜空を見ながら、浜田が亡くなる前の気持ちを忖度《そんたく》し合った。

「いつか自分の死の秘密を知って欲しい——と、浜田は望んでいるような気がする」

藤村がそう言うと、久美も深くうなずき、

「だいたい、あそこで七福さまとお会いしたのも、兄のはからいのような気がします」

と言った。

「それは、あっしも……」と仁左衛門が何度もうなずいた。

「じつは、わたし、兄の自害はおかしいと思っていたのです」

「え」

「あのとき、ずいぶん悩んで、じつは兄のお友だちの藤村さまが、北町奉行所におられると聞いていたので、ご相談に上がろうかとも」

「そうだったのですか。それで、何がおかしいと?」

「空の悩みで自害していたなら、納得したかもしれません。でも、それがお金のことで追いつめられて死ぬなんて、なにか兄らしくない気がするのです」

「ほう」

肉親の直感は馬鹿にできない。同じ考えを辿《たど》る傾向があり、そこにそぐわないものを感じるというのは、何か誤解しているかもしれないのだ。

「では、金の悩みではなかったと?」

「はい」

「そうかなあ」

と、仁左衛門が異議をとなえ、

「浜田さんのような人にとって、そういう悩みがもっとも鬱陶《うっとう》しくて、重荷になるんじゃないのかねえ」

「そうでしょうか。むしろ、借金のことは、ぴんときていなかったように思うのです」

このままだと堂々めぐりになる。

「ところで、その天球儀を、浜田に売りつけたというのは、どこのどいつなんですかい？」

と、藤村は訊いた。

「申し上げましょう。兄に天球儀を売ったのは、浅草田原町《たわらまち》にございます〈彼乃国屋《かのくにや》〉という仏具屋で、その天球儀を勧めたのは、星明寺《せいみょうじ》の住職で全真《ぜんしん》というお人でした」

「いまも生きてるのかい？」

「はい。どちらもご存命だそうです」

「売りつけたやつが騙し得かい」

仁左衛門が吐き出すように言った。

とはいえ、今宵は怒りを新たにする会ではない。浜田の魂を慰めるための会である。酒を飲み、ゆったり景色をめでた。夏木も、話に加わることはあまりしなかったが、浜田のための句は、本気で考えているようだった。

「発句は難しいですね」

と、久美はそれでも楽しそうに言った。

――そういえば……。

と、藤村はあることを思い出していた。そういえば浜田は、この妹を嫁にもらえなどと言っていたのではなかったか。まだ、十五のころの話だから、それを実行できる力も資格もなかったが、気持ちがときめくような思いをしたものだった。

一刻ほどして、それぞれが浜田に句を捧げ、この会はお開きになった。

はるばると駆けるとんぼや天球儀　童心（藤村）
大川に泳ぐ人あり盆祭　恋堂（夏木）
新しき家も寂しや秋の暮　七福堂（仁左衛門）
あれもこれもみな思い出に天の川　空見（久美）

三

藤村と仁左衛門は、浅草田原町にある彼乃国屋を訪ねた。

間口は五間ほどあろうか、大きな仏具屋で、繁盛ぶりも一目でわかった。

「こんな仏壇を買うやつがいるのか?」

と、藤村が思わず口にしたほど、工芸品のような、贅沢な仏壇を売っている。目玉が飛び出すほどの値段がついているが、これがどんどん売れるのだという。

あるじはひどくめまぐるしい。たえずじっとしていない。店の隅には自分の仏壇があり、ちょっと客が途切れれば、そこに行って拝んでいる。

だが、声をかけると、嫌な顔はせずに応対した。

「ああ、浜田さま。はい、思い出しました。亡くなった? ええ。あとでお聞きしました。ご立腹だった? 手前どもが売った品に? そうでしたかね。天球儀でしょう。でも、あれは星明寺の和尚が太鼓判を押したものですよ。それは、見事な、らでん細工がはめ込まれていましたから。いえ、あれは漆も見事だったし、ギヤマンや七宝と、宝の寄せ集めみたいなものだったのです」

と、もっぱら工芸品としての価値をほめた。

「百両？　ええ、けっしてお高くはないです」

たしかに、売られている仏壇を見ると、百両がとくに高くはないのだから、呆れてしまう。

そこに小僧がやってきた。

「旦那さま。〈美濃《みの》屋〉のご隠居さまが、仏壇をお買い上げです」

「おう、お前、運んでおあげよ。一人で持てるか？　持てないなら、荷車を出してもらいな。うん、そうそう、そうやって背負いな。向こうについたら、ちゃんと仕立ててあげるんだぞ。それで、お前もお線香あげて、拝むんだぞ。いいな」

「わかりました」

言い方はやさしいし、小僧もあるじのことを尊敬している気配もあった。

——これは違うな。

と、藤村は思った。調子はいいが、騙そうとまでの悪意はなかったのではないか。

浜田が勝手に誤解したのではないか……。

次に、やはりこの近くにある星明寺の住職を訪ねた。

この全真和尚は、名僧だと言う人もいるという話は聞いていた。寺は、一目でわかるほどの、ひどい貧乏寺である。門のあたりなど、いつ崩れはじめても不思議ではない。

なにせ、寄進された金は、すべて貧しい子どもの飯代に消えるのだという。寺の裏手には、たくさんの子どもが、順番を待っていた。

藤村が、いきなり、

「あの天球儀はでたらめだったのではないか」

と持ち出すと、色をなして反論した。

「あれはでたらめでなんか、あるものか。わしは、富士の上で座禅を組み、あの真理を得たのだ。お天道さまの周りをこの地球がまわり、さらに地球の周りを月がまわる。星は星でまた別なんじゃが、あれは遠すぎて、よくわからんだけじゃ」

「遠いというと、鳥でも行けねえくらいですか？」

と、仁左衛門が訊くと、

「まあ、カモメだのカラスあたりじゃ無理だな。ワシだったら、行けるかどうか」

破天荒なことを言っているが、これを鵜呑みにした浜田にも非《ひ》はあったのでは。

「わからん人たちだのう。あれはたいそうな値打ちものだったのじゃ。あの男が真理を理解できなかっただけだ」

　全真は自信たっぷりである。

「嘘でしょう」

「嘘など言わぬ。あれは捨てたのかのう。気に入らなければ、ほかに売ればよかったのよ。いくらでも買う者はいただろうに。彼乃国屋では引き取らなかった？　そりゃあ、ああいうところは引き取るまい。気に入らないからと返されたりしたら、きりがないだろうからな。むしろ骨董屋にでも頼めばよかったのにのう」

「では、浜田はなぜ死んだのでしょう？」

　藤村は皮肉をにじませて訊いた。

「自害だったそうだな。わしも驚いた。本当に自害だったのかのう」

「自害でなければ、なんなのですか？」

「あのとき、蔵前片町の番屋の者が、腹を切った浜田どのを見つけたはずだ。そこに行って、訊いてみてはどうじゃ」

　こうして、体《てい》よく追い払われたような気もする。

　言われるままに、あのときの番屋に寄ってみると、

「そういえば、首に打ち身のような痕が……十年以上も前のことなので」

藤村と仁左衛門は途方に暮れた。

「こりゃあ、どうしようもねえかな、仁左」

「なんせ古い話だからねえ……」


藤村と仁左衛門が浅草の周辺を歩きまわっていたころ——。

夏木権之助は、初秋亭の近くをうろうろ歩きまわっていた。なんとなく身体も重いので、留守番役にしてもらったのだ。

歩いてみても、なかなか元気にはなれない。まだ藤村や仁左衛門がいっしょのときは、気が張っているが、別れると、どっと悲しみと疲れが襲ってくる。

かなかな蟬が力のない声で鳴いている。深川の昼下がりは静かなものである。聞こえる音はその蟬の声と、水辺の鳥の声と、子どもの遊ぶ声くらいのものである。

蟬の声に誘われるように、大きな寺の境内に足を踏み入れた。

すぐに小助の顔が浮かんでしまう。われながら、情けないのだが。

そういえば、小助に以前、

「あなたにとって、わたしは何？」

などと訊かれたことがあった。

小助は何か感じていたのかもしれない。やけに鬱陶《うっとう》しく感じさせるものを。わしは、あれにすがることで、老いぼれていく自分を忘れようとしていたのかもしれない。

静かな空気の中を、甲高《かんだか》い声が流れた。

「いかがですか？」

「ん？」

寺の境内で小娘が鉢植えを売っていた。

「優曇華《うどんげ》の花はいかがですか？」

「それが優曇華の花なのか」

三千年に一度、咲くという花である。話には聞くが、見たことはない。

小娘をじっと見た。七つか八つといったところか。鼻の先に泥がこびりついている。人を騙さなければ生きていけない。あるいは、騙していることも知らないのではないか。

——小助だって……。

自分を騙したくて騙したのではないかもしれない。

自分の心に、優しく寛大な気持ちが満ちてくるのを感じた。

「どれ、買ってみよう。ちょうど、明日あたりが三千年目にならぬとも限らぬしな」

四

数日後──。

藤村と仁左衛門は、本所の黒鍬組の組屋敷を訪ねた。久美が嫁いだという野間家はすぐにわかり、出てきた久美も迷惑な顔もせずに応対してくれた。

「浜田が買った天球儀はどこにあるのでしょうか？」

と、藤村は訊いた。

「まだ、ございます。わたしが持っています」

「そうだったのですか」

「あれを手放してしまうと、兄が死んだ理由もわからなくなるし、兄が夢見たものも消えてしまうような気がして」

「ぜひ、見せていただけませんか」

「いいですとも。では、埃を払って、初秋亭まで中間に運ばせましょう」

久美の家を辞すると、この日は自宅に戻っていた夏木の屋敷に行き、

「浜田の天球儀を、おたくの洋蔵さんに見てもらえないかな。本当に価値のあるものか、鑑定してもらいてえんだ」

と頼んだ。

「よし。いまから初秋亭のほうに連れていく」

夏木の顔色はだいぶよくなっていた。

一刻ほどのち――。

待っているところに、天球儀が届いた。葛籠《つづら》を開けると、直径で三尺ほどの、黒光りする球体が出てきた。彼乃国屋が言っていたように、らでん、ギヤマン、七宝、漆と、宝の寄せ集めである。

「ほう。これは凄い」

と、夏木の倅の洋蔵が唸った。

「それほど凄いかね」

と、藤村も思わず天球儀に顔を近づけた。

「天文については、わたしはまったくわかりません。だが、工芸品として見るなら、これはわが国の粋を集めた一級品です。誰がこんなものをつくったのでしょう」

「本当だねえ。そう言われると、用途はどうでもいいから、床の間にでも飾りたくなるねえ」

　と、仁左衛門が言った。

「まさにそうです。粋人の中には、そういう珍品としての価値を面白がる人も多いのです。かなりの額で売れると思いますよ」

　洋蔵の目利きぶりは、骨董屋も太鼓判を押しているのだ。

「だが、百両はいくまい」

　と、おやじの夏木が訊いた。

「いやあ、百両どころではありませんね。売れというなら、百五十両で売ってあげますよ」

「百五十両……」

　浜田はなんのために死んだのか、と藤村は悲しくなった。

　そのとき、

「おや」

　洋蔵が天球儀の底のほうに目をやった。

「どうした？」

「ここは外れるようになっているのか」

「え」

洋蔵の手つきを、三人が覗き込む。

円球の下に、土台のような部分があり、そこは富士のようなかたちをしていたが、その中腹にあたるところが開いた。

「これは……」

洋蔵が取り出したのは、紙の束である。文書が隠されていた。

「これはなんでしょう？」

ぱらぱらとめくると、数字がいっぱい書き込まれている。つづきではなく、七、八枚ほどが別の文書から抜かれたらしい。

「これは、会計方の書類だ」

と、この中ではおそらくいちばん数字に強い仁左衛門が言った。いくつかの数字が朱筆で囲まれていた。

最後の紙に、浜田の文字が記してあった。筆致に見覚えもあった。

「同じ器械の名称を変え、二度の支払いがなされておる。都合、三度。計、百八十両の損。これは、前会計方、戸川塩二郎《とがわしおじろう》どの作為」

そう書かれていた。

「これは……」

みな、顔を合わせた。

「使い込みだ」

同じ天文方の戸川塩二郎が、百八十両という大金を使いこんだ。その証拠である。

浜田はそれを知り、表沙汰にしようとした。

こうした文書が出てしまったいま、自害という死因はいっきに信用性を失った。

首に打ち身があったのだ。気絶させ、抱きかかえるように腹をえぐる。刀はそのあとで握らせる。自害は偽装だ。

「おい、行くぞ」

と、藤村が言った。

「うむ」

夏木と仁左衛門も立ち上がった。夏木の顔はきりりとしていた。動きも俊敏だった。小助のことで打ちひしがれているときとは、まるで違う。旗本屈指の弓の名手である。

「のうのうと生きていたら、斬ってもいい」

と、藤村が言うと、

「まずは浜田の墓に詫びさせよう」

夏木はそう言った。

浅草の司天台までは、どの道を歩いたのかもわからないほどだった。もっとも、道は永代橋を渡って、まっすぐ北に行くだけである。御米蔵あたりに来れば、奇妙な測量機器をのせた築山が見えてくる。

門を激しく叩き、門番に用件を告げた。会計方の戸川どのにお会いしたい、と。

しばらくして、髷の乱れた、顔色の悪い男がやってきた。

「戸川どのだな」

と、藤村が確かめた。

「いや」

「戸川どのではないと」

「わしは測量方の保井《やすい》というが、戸川というと、塩二郎のことかな？」

と訊いてきた。

「さよう」

藤村がうなずいた。

「あいにくだが、戸川塩二郎は、五年ほど前に不祥事が表に出て、自死いたしました」

　三人は呆気に取られて、顔を見合わせた。

　戸川も、結局は追いつめられて、自害したのだ。

「その戸川に何か？」

「いや、亡くなったなら、もう言うことはないが……」

　藤村はいちおう、浜田三次郎のところから、こうした書類が出た、ひいては、浜田の死は殺害の可能性が高い、と告げ、いずれ名誉の回復について遺族と相談してもらいたいと頼んだ。

　名誉の回復といっても、浜田はとくに不名誉を残したわけではない。浜田家にもお咎《とが》めはなかった。それでも、自害ではないと明らかにされれば、供養にはなるはずだった。

　久美のところには、すぐその足で訪ね、三人で事情を説明した。

「もう、どうすることもできませぬが」

　と、藤村は頭を下げた。

「おいらが十三年前に、ちっと聞き込みでもしていたら、そのときわかっていたかもしれません」

とも付け加えた。

「いえ、あのときは無理でしたでしょう。ちょうど十三回忌で、真実を明らかにしていただいただけで、兄は満足していると思います」

そう言って、久美は深々と頭を下げた。

その向こうの仏壇に、浜田の位牌も見えた。

「ところで、あの天球儀は売れば、買値をゆうに上回るそうですぜ」

と、仁左衛門が言った。

「まあ……でも、これは我が家で代々つたえることにいたしましょう。いずれ、学問がもっと進んで、兄が悩んだ疑問も解決してくれるかもしれません。そのときには、これもお金には替えられない価値を持っているかもしれません」

その夜——。

三人は初秋亭の二階で、夜空を眺めていた。この夜は、雲は東側の空だけを塗りつぶし、西の半分はよく晴れていた。月もいまは、西の空に来ていた。その光は鉄砲洲のあたりに落ちていた。

浜田はたしか、酒を飲まなかった。むしろ、団子などを好んだ。夏木がそのことを思い出したので、団子を買ってきて、窓辺に供えた。

その団子を頬張って、

「あの妹はたいしたもんだったな」

と、夏木が言った。

「ああ、浜田に似て、賢いのさ」

藤村もうなずいた。

「金に恬淡《てんたん》としているのも素晴らしいや」

仁左衛門はそこに打たれたらしい。

「浜田はあの妹を、藤村にやりたかったのだぞ」

と、夏木が言った。

「え、そうなのかい」

藤村はとぼけた。直接、言われたことは、このあいだ思い出したが、まさか、夏木にまで言っていたとは知らなかった。

「そういえば、おいらも聞いたことがある」

と、仁左衛門まで言った。誰彼かまわず言ったというあたりが、いかにも子どもらしい夢物語ということなのだろう。だから、そんなことはありえなかったのだ。

「まあ、そうしたもしもの話をし出すと、きりがねえよ」

「まったくだ」

「もしも、あのとき別の嫁をもらっていたら。もしも、あのとき別の商売に手をつけていたら……ほんと、人ってえのは、どれだけの大事な道選びをしてきているんだろうね」

三人は、団子を食いながら、大川の上の空を眺めた。発句のことを気にせずに眺める景色もいいものである。

窓辺に置いていた優曇華の花の鉢にちょうど月がかかっている。畳に寝転ぶと、葉の中に白い花が咲いたようにも見える。

「三千年に一度の花なんじゃねえのか」

と、藤村が指差した。

「おう、ほんとだ」

夏木が機嫌のいい笑みを浮かべた。

第五話　老いた剣豪

一

藤村慎三郎と入江かな女が、永代橋を深川のほうへ、並んで渡っていた。かな女は一歩下がったりはしない。女房でもないから当たり前だが、この人は以前の恋人と歩いたときも後ろを付いて歩くようなことはしなかったのではないか——と、藤村は思った。

かな女とは、来る途中で、たまたま行き合った。というより、南新堀河岸のところで、前を歩いているかな女に気づき、走るように足を速めて追いついた。切れた息を、さりげなくととのえるのに苦労したほどである。

橋に差しかかったときが、夕焼けから薄暮《はくぼ》へと変わる微妙なときだった。紅の色が、にじんでいくように、紺色に変わってゆく。絵を描くときの顔料などでは、絶対にできない不思議な変化である。

――逢魔ヶ時。

というよりは、藤村には、もう少しやわらかな優しさが感じられた。

橋の中ほどで、かな女がふと、足を止めた。

「どうなさった?」

「ああ、きれい」

と、かな女が言った。

橋の周囲、大川の河口一帯に、大きな景色が広がっている。石川島と佃島によって、大川の流れが左右に分かれる。そこはもう海と言ってよく、流れではなく、波のたゆたいを水面に表わしている。陸と川と島と海と、そして空という大きな自然物が堂々と相対していた。

「ここの夕暮れは、ほんとにきれい」

「あの初秋亭を見つけるまで、ずいぶん江戸中を歩きまわりました。ここらは、江戸でもいちばん景色のいいところではないでしょうか」

「大川の流れがね」

「ええ」

「なんだか、とろりとして」

と、かな女がささやくように言った。

「人生の酸《す》いも甘いも溶けこませたように」

藤村が言った。

「ほんとに。気のせいか、粋な感じもします」

「それは気のせいでなく、川面に町の灯《あか》りが映るからでしょう」

「そうですね」

と、かな女は河口から上流へと視線を移しながら、

「新川から深川、それに新大橋あたりの舟の灯りも……きれい……」

いい雰囲気である。

川風が涼しく心地よい。着物の裾がはためく感じに、波打ち際で遊ぶような快さがある。ついに夏が去ろうとしている。面倒事がいくつもあったが、それでもいい夏だったのか。

かな女の着物も浴衣地《ゆかたじ》ではなく、きりっとした小紋《こもん》になっている。

「なんだか、一句つくりたいですな」

句を詠みたい。だが、いいものが浮かばない。ああしたいけど、そうはできない。歯がゆさ。やるせなさ。かな女といると、いつもわきあがってくる思いだった。

「その思いこそが、俳諧ですよ」

胸が切ない。

かな女がゆっくり歩き出した。藤村も足を合わせる。

こんなときの永代橋は短い。

渡りきれば、二手に別れなければならない。

――家まで送ろうか。

と、思ったとき、橋のたもとから、

「おや、父上」

倅の康四郎がいた。目を露骨に丸くして、いかにも無粋である。

「なんだ、お前か」

康四郎はとまどったような顔で、かな女を見た。康四郎とかな女は初めてだったか、と思った。

「俳諧のお師匠だ。入江さんだ」

「入江かな女でございます。お世話になっております」

かな女も挨拶した。

薄暗い中で、康四郎の顔が、少し赤く染まったように見えた。きれいだと思ったのか。おやじと倅は好みも似ているのか。

「では、藤村さま」

「お気をつけて」

かな女の後ろ姿を見送ると、康四郎は、

「そういえば、母上はまた、香道の稽古の日を増やしましたよ」

と、言った。

「ふうむ」

かな女と会ったあとに、加代のことを持ち出したのは、何か感じたことがあるのか。藤村はなんとなく後ろめたい気分になった。

「五の日も稽古ですよ」

これで、二、三、七の日に五の日が加わった。ほかにも大店《おおだな》のおかみや旗本の奥さまのところに、直接、教授に行く日もあるので、月のうちの半分はそっちの用事で忙しい。藤村が奉行所に出ていたころは、せいぜい月に一度くらいしかやっていなかった。どうやれば、それほど弟子が増やせるのかも不思議だったし、自棄になって増やしているようにも思えた。

「あれをやられると、臭くてたまりません」

「父上があまり相手をしないからではないですか？」

「我慢しろ」

「馬鹿言え」

むせるように叱った。

そこへ薄暗くなった橋の右手のほうから、提灯《ちょうちん》を二つ持って、鮫蔵のところの下っ引きの長助が来た。ひとつを康四郎に手渡す。

この二人は、このところいつもいっしょのようである。歳も同じくらいだろう。だが、目つき顔つきの鋭さは、長助のほうがはるかに上である。それだけ修羅場《しゅらば》もくぐったに違いない。十手《じって》はないが、腰に短い棒を差している。これをかなり巧みに使うことは、身体つきからも想像できた。

「こんなところで、何している？」

と、藤村は康四郎に訊いた。

「辻斬りですよ」

「またか」

お盆過ぎから始まり、この十日ほどのあいだに、四人が斬られた。三人は即死で、一人は翌々日に死んだ。いずれも深川の、しかも永代橋の周辺である。

「昨夜、やられていたのが、今朝になって見つかりました。湯屋の下働きの爺さんです」

「それをお前たち二人だけで警戒するのか？　又六《またろく》はどうした？」

　中間の又六もある程度は棒術をやる。二人よりは三人のほうが、いざというときはまったくちがう。

「いいえ、まだ早いですからね。又六は使いに出しています。なあに、九つあたりからは総動員ですよ」

　この辻斬りは、深夜、遅くならないと現われないのだ。それから明け方までうろつくこともあるらしい。

「行き当たりばったりと聞いたが、本当なのか？」

「そのようなのですが」

「殺される側はみな、関わりがねえんだな」

「鮫蔵のところも大勢で調べてまわってますが、いまのところ殺される理由はわかりません」

「そいつは……」

　いちばん厄介なのだ。相手かまわずの、刀の試し斬りと称するような辻斬りが、いちばん難しい。本当に試し斬りのはずがないのだ。一度、やると、またやりたくなる。何かに火がつくのだ。どうにか抑えつけてきた不気味な欲求に歯止めがなくなるのだ。やがて、繰り返すうちに、その男の癖や暮らしぶりなどが見えてきたりもするが、それまで幾人の命が失われることだろう。

だが、それは倅には言わない。

「見た者はいねえのか？」

「二度、姿を見られていますが、いずれも覆面をしていました。いまのところ、わかっているのは腕が立つということだけです」

康四郎が手帖を取り出した。反故《ほご》にした紙を二つ折りにし、自分でとじたらしい。縫い目がいかにも、不器用な康四郎らしい。

「なんだ、それは？」

「いえね、いちおう深川で剣の腕が立つと噂になった人物を、書きとめてましてね」

「心がけはけっこうだな。どれどれ」

取り上げて、ぱらぱらとめくった。

「おい」

「なんでしょう？」

「おやじまで疑うのか」

その中に、熊井町・藤村慎三郎の名があったのである。


橋のたもとに立っている康四郎をよそに、藤村は左手の路地をすこし入ったところにある海の牙の縄のれんを分けた。魚が焼ける匂いは、深呼吸したくなるほどいい匂いである。加代も香道で、こういう匂いを使えばいいのだと、ちらりと思った。


「よう」

奥で、夏木と仁左衛門が手をあげた。

このところ、夏木はなんだか若返ったようだった。

大いに食い、大いに飲む。それを自分に課しているかのような暮らしである。

目の前の魚も凄い勢いで平らげる。

それを藤村がからかうと、

「女ごときで腐ってられるか」

と、吼《ほ》えた。

「なんだか、このあいだの夏木さんのほうがかわいかったなあ」

「何を言うか」

夏木は煙管《きせる》を取り出し、煙草に火をつけた。

藤村と仁左衛門が煙草を吸うと、夏木はいつも顔をそむけていたはずだった。

「あれ、煙草を吸いはじめたのか」

と、藤村は呆れた。

「女を失った分、煙草を吸ったりせぬと、割りが合わぬだろう」

と言いながら、煙をぷぅっと吐いた。大身の旗本が吸う煙草は、さすがにいい匂いがする。だが、煙管を持つしぐさは、どことなく慣れない感じがした。

「どういう勘定だか」

仁左衛門は首をかしげ、

「それに、寿庵先生は、身体のために煙草は絶対にやめるべきだと言ってるぜ。あんまりうるさいから、あっしは逆にやめようかと思うくらいさ」

「大きなお世話だろうがな。それと、わしは頭を丸めることにした」

「夏木さん、坊主になるのか」

仁左衛門が訊いた。

「違う。ただ、髪を剃るだけだ」

隠居が坊主頭にするのは、それほどめずらしいことではない。

「ううむ。いっきに枯れる感じだな。初秋じゃなく、黄落《こうらく》になっちまうぞ」

と、藤村は言った。

「なあに、なまじ白くなった薄い髪をのばしているよりは、そのほうがいい。悟ったみたいだしな」

「まあ、好きにしてくれよ」

と、藤村は苦笑いした。

店は今日も繁盛している。徐々に増えてきた常連の客で、このところはいつも混んでいる。まだ、客が少なく、閑古鳥が鳴いていたころから通っていた藤村たちからすると、逆に嬉しくない。

とくに、声の大きな客は眉をひそめたくなる。そんな客が今日もいた。

一人で来ているらしいが、両脇の客にも旧知のごとく話しかけている。

身なりは悪くない武士だが、やけに歳をとっている。眉が真っ白で、顔の皺《しわ》が半端でなく深い。

「あそこの爺さんだが、ここんとこ、見かけるな」

と、藤村は肴を運んできた安治に訊いた。

「ええ。築地にある田桜《たざくら》藩の組屋敷に住んでましてね。名前は、梅木《うめき》嘉二郎《かじろう》とおっしゃるんですが、歳が凄いんで」

「いくつだ？」

「誰かが言うには百歳だそうで」

三人で顔を見合わせた。

「嘘だろ」

仁左衛門が丸い目をさらに丸くした。

「でも、おいらも百歳の人間を見たことがないからな。なんとも言えねえさ」

「いや、わしは九十の人間に会ったことがある。とてもじゃないが、あんなふうに大騒ぎなんてできない。坐るときも、必ず柱に寄りかかっていたもんだ」

その梅木翁は、背筋も伸びているし、多少、ろれつが回っていないが、声も大きい。うるさいくらいである。

噂されているのを勘づいたのか、

「おい、おやじ。めざしを焼いてくれ」

梅木翁が、こっちに来ていた安治に言った。

「また、よく食うんですよ。歯もほとんどそろっているようですし」

「じかに歳を訊いてみようか」

「それはやめたほうが。必ず、いくつに見えると訊かれます。よほど若く答えないと、気を悪くして、ねちねち文句をつけますから」

「それはまずいな」

「どっか、鮫蔵とも似てるでしょ」

と、安治は嫌な顔をしながら言った。安治は岡っ引きの鮫蔵が大嫌いである。

「あ、ほんとだ。雰囲気はそっくりだな」

藤村もそれは認めた。

いかにも横柄で押しが強そうである。気が弱い者なら、向き合っただけで怖くなるような雰囲気を持っている。

ちがうのは、梅木翁は痩せているところである。鮫蔵も痩せれば、こんな感じの爺さんになるのではなかろうか。

「なんだ、こら」

梅木翁が突然、こっちに声をかけてきた。やはり、噂をしているのがわかったらしい。耳も遠くないということだ。

「いや、何、ご老人が百歳におなりだと聞いたもので、本当なのかと驚きましてな」

と、藤村が丁寧な口調で言った。

「百歳？」

「違いましたか」

「まあ、そう遠いことではないわな」

と、鼻でせせら笑った。相当、嫌な爺さんである。

「九十はいかれている？」

と、今度は仁左衛門が訊いた。

「やかましい、町人のくせに。なんで、その方らに、わしの歳を言わねばならぬのだ。馬鹿者めが」

「あら、怒らしたみたいだ」

仁左衛門はおどけたしぐさで、ぽんと自分の額を叩いた。梅木翁もしつこくは怒らず、そっぽを向いてしまった。

「おう、仁左、そろそろ引き上げようや」

夏木が急に眠そうになった。ときおり、首がかくんと倒れる。眠ってしまうと、偉丈夫の夏木をかつぐのは容易でない。

初秋亭にもどろうと、外に出た。酒と煙草の匂いや、魚の煙でいっぱいだったところから外に出ると、秋風が水のように感じられた。酔った顔を、風に撫《な》ぜられるのがなんとも心地よい。

橋のたもとは急な坂道になっていて、横切ろうとすると、酔っ払いの身体は大きく傾く。支えないと、いきなり棒のように倒れそうである。夏木をまっすぐ歩かせようと、手を引いた。

道のなかほどまで来たとき、

――ん。

藤村は殺気を感じた。殺気は説明のしようがない、微妙な感じである。見られている感じだが、単に見られるのではない。悪意のこもった視線になる。辻斬りがいるのか。首筋がざわざわする。

「どうしたい、藤村さん？」

「いや」

周囲をうかがう。

梅木が藤村たちよりはいくらか遅れて、外へ出てきたところだった。

――まさかな。

本所のほうから、御用提灯の明かりがいくつも近づいてくる。菅田たちが見回っているのだ。まさか、こんなところにはいないだろう。ここは、天下の永代橋の真ん前である。

「夏木さんが、凄いことを言ってたぜ」

酔った夏木をようやく布団に寝かせて、仁左衛門と藤村は二階に上がった。二階は涼しいほどで、夜も障子の隙間をすこしだけ開けるくらいである。

「そういえば、もごもご言ってたな」

「今度はかな女師匠を落とそうかだとさ」

藤村は、内心、ドキリとした。

夏木は多少、肉がつきすぎたが、押し出しの立派な好男子である。色こそ白いとは言えないが、見た目がすっきりしている。町回りで真っ黒になった藤村は、女の前では夏木と並びたくないと思うときもある。

しかも、夏木は女に対しては、臆面もなく、正面からぐいぐい押す。女はやはり、そういう男に弱い。あれよあれよという間に、落ちてしまう。夏木が動いたら、かな女はどうするだろう？

「懲《こ》りねえ男だ」

つい非難の口調になった。

「でも、かな女師匠は、もしかしたら藤村さんのほうに気があるんじゃないかね」

「馬鹿言え」

「そうかねえ」

仁左衛門はからかうつもりではないらしい。

──本当だろうか。

ときめくものがある。

「それはそうと、夏木さま、驚いたね」

「何が」

「あんなにひどかったいびきが、ここんとこ、急に治ったぜ」

「え？」

藤村は気がつかなかった。耳を澄ますと、本当にいびきの音が聞こえない。雷のようにひどかったいびきなのに。

「あの女は夏木さまには荷が重すぎたんじゃないのかね」

藤村は、話に聞くだけで、その深川芸者は見たことがない。藤村に対しては、あまりのろけも言わなかったのではないか。だが、仁左衛門には言えないが、もともと、三十も四十も歳の離れた女と付き合えるわけがないと思っていた。体力のこともあるが、育ってきた時代がちがいすぎる。自分たちは倹約、倹約とうるさく言われた時代に育った。いまの若いやつらが育ったのは、贅沢が当たり前の時代だった。いっしょにいれば、どうしたってお互い不愉快になる。

「せいぜい二十だ」

ぽろりと、そう言った。

「なんだって」

「いや、なんでもねえ」

藤村は、あやうくぼろを出しそうだった。かな女の歳はたしか、三十三ほどだったはずである。

二

数日後——。

藤村が夕方になってから初秋亭にやってくると、門の軒先に、鈴虫のかごが下がっていた。竹ひごでつくった、五寸四方くらいの小さなかごである。昨日の朝、ここを出たときはなかった。昨夜は八丁堀の自宅で寝たし、夏木も仁左衛門も自宅にもどっていたはずである。では、誰が下げていったのか。

初秋亭の戸締りは、隣りが番屋になっていることもあって、いい加減である。いちおう門に錠前をつけられるが、面倒で誰もそんなものはしない。鍵も初秋亭の扁額の裏にぽいっと置くだけだから、気の利いた泥棒なら、すぐに見つけるだろう。

だから、誰が置いていったとしても、不思議ではなかった。

門を開けたまま、一階の縁側で寝そべった。開けておかないと、よろず相談に訪れた者も、いるかどうかわからないだろう。せっかく来たのに、いないと思って帰ってしまったら、かわいそうである。

「もし……」

表で声がした。

見ると、若い武士が立っている。さっそく効果があったようだ。

「あの……」

生真面目そうな顔で、眉根にしわを寄せている。

「どうされた？」

「こちらはよろず相談ごとを受けておられるとか」

「ま、できることとできぬことはありますが、何かお役に立てれば」

「じつは敵討《かたきう》ちのことなのですが」

「敵討ち？」

ありそうで、意外に少ない話である。藤村も、実際、身の周りで起きたことは一度もない。話や黄表紙などで、聞いたり読んだりするくらいである。

まずは、上がってもらい、詳しく聞くことにした。

「わたしは油堀近くに住み、石川島人足寄場で農作業の教授を務めております桑田《くわた》観平《かんぺい》と申します。じつは、先月から当家をしばしば訪れて、敵討ちをなされよという御仁が現われまして」

「すこしお待ちを。敵討ちをうつのではなく、なされよと？」

事情が飲み込めない。

「さよう。その御仁は、いまから四十年ほど前に、築地にある道場で、わたしの祖父と立ち合い、卑怯にも祖父を撃ち殺してしまったのだそうです」

「それは事実なのですか？」

「立ち合って、祖父が命を落としたのはまちがいありません。ただ、古い話で目撃した人も少なくなっているのですが、その立ち合いは尋常なもので、とくに恨む筋合いのものではなかったと聞いております」

「ほう」

「だいたい、四十年間もずっと現われずに、いまごろになって突然、出てくるというのも不思議でしょう」

「たしかに」

と、藤村はうなずいた。実際、桑田家は息子から孫の代に替わっている。敵討ちの話というよりも怪談話でも聞いている気がしてきた。

「最初、その話を持ち出されたときは困惑いたしました。なにせ当家では祖父の次の代の父も他界しまして、わたしはそのようなことをまったく知らされず、育ってまいりました。それで、古い怨念は水に流しましょうと申し上げました」

「なるほど」

それが大人の良識である、と藤村は思った。恨んでいる者が誰もいない敵討ちほど、くだらないものもそうはあるまい。

「ところが、その御仁はいっこうに納得しないのです。以来、毎日のように当家にやってきては、敵討ちをせよ、と。しかも、わたしはほぼ毎日、川向こうの石川島に出仕せねばならぬのですが、その御仁が行き帰りに永代橋で待ち受けていまして」

「それはまた、大変ですな」

「わたしは顔を合わせぬよう、遠回りして、新大橋から行きつもどりつしているほどです。また、当家の嫁もすっかり怯えてしまいまして」

桑田観平は困惑しきったようすである。

「それは弱りましたな」

「まったく弱ります。役所の者に相談しますと、いいから敵を討ってしまえと言う者もいたりして」

「桑田どのは、剣のほうはかなり遣われる?」

「いえ、どうってほどではありませぬ。ただ、その御仁というのは、相当な年配でして、はたして動けるのかと心配するほどで」

「え」

藤村の頭で、重なり合う人物がいた。相当な高齢。毎日、永代橋に立つ……。

「もしかして、その御仁の名前は?」

「梅木嘉二郎と……」

「敵討ちの相手だそうだぜ」

藤村は声を低めて言った。

「誰が」

と、夏木が訊いた。

夏木はもう、頭を剃ってしまっていた。つるつるである。床屋では、「本当によろしいのですね」と念押しされたらしい。だが、たいして違和感もなく、むしろ似合っていて、感心したほどだった。品がよくなり、黙っていたら、京都あたりの高僧のようにも見える。ただし、奥方は一目見て、「きゃあ」と悲鳴をあげたそうだ。

「あの爺さんだよ」

藤村は顎をしゃくった。

海の牙である。今日は、藤村たちとは離れたところにいて、大声を出されたり、因縁をふっかけてくる心配もなさそうである。

「面白いのう」

「それが夏木さん、あまり面白くないんだ。はた迷惑なジジィだよ」と仁左衛門が言った。仁左衛門も事情を知っている。

桑田観平の依頼というのは、

「とにかく、あの梅木老人を説得して、敵討ちのことはなかったことにして欲しい」

というものだった。

「では、お手伝いいたそう」

と引き受け、昨日は様子見という感じで、仁左衛門とともに築地の田桜藩邸を訪ねてみたのである。

「表から訪ねる身分でもないので、出入りしている藩邸の人をつかまえ、どうにか話を聞いたのだが、藩でも頭を抱えているそうだ……」

なにせ、藩邸内でも、やたらとその話を吹聴しているのだという。

江戸であまり愚かなことをされては、藩としても面汚《つらよご》しになる。

「そこで、用人あたりからも、説諭されたりしたらしい」

「それはそうだろう」

と、夏木はうなずいた。

「ところが、まったく聞く耳を持たないんだと」

と、仁左衛門は苦笑いした。

「なにせ、あの歳で、あの調子だろ。誰彼かまわず孫あつかいされ、どうにも話が通じないらしいんだよ」

「本当の歳はいくつなのだ？」

と、夏木が訊いた。

「それが、藩の者もよくわからないらしい」

藤村が答えた。

「そんなことがあるのか？」

「もともと作物の栽培について特別な技能を持っていたことで、ふつうなら隠居している六十くらいのとき、他藩で浪人していたのを藩が召し上げたのだそうだ。だが、そのとき、じつはまだ四十代だったのではないかという噂もあるらしい。だから、八十いくつから、百くらいのあいだということだ。おそらく本人も知らないのではないかと、おれたちが話を聞いた人は言っておったな」

「影の濃さから見ると、あっしは九十二と見たがね」

と、仁左衛門がいつもの他愛ない冗談を言った。

「だが、家族はおるだろう？」

と、夏木が訊いた。

藤村は一段と声を低め、

「そこはかわいそうな話でな。藩でシイタケの栽培を奨励しようと、山に小屋をつくり、梅木一家を準備のため、先に城下からそちらに住まいを移させたことがあったらしい。倅夫婦に孫が二人と梅木の五人さ。それが、大雨のとき、崖崩れに遭い、五人のうちの四人が土砂に埋もれて亡くなってしまったんだと」

「以来、天涯孤独か」

夏木は哀れむ目で、店の奥を見た。

「そういうことだ」

「そりゃあ、狷介《けんかい》にも固陋《ころう》にもなるか」

「まあな」

藤村もその話を聞いたときは、梅木をかわいそうに思った。

「それに多少は惚《ぼ》けもあるだろう」

と夏木が言うと、

「それはないらしい。あの爺さんの農業の知識は、いまだに藩の役に立っているらしい。あの性格は惚けたのではなく、少なくともこの三、四十年はああだそうだ」

「へえ、そりゃあたいしたもんだな」

梅木は大声をあげている。

誰かと意気投合したらしい。相手も梅木の調子に乗せられたらしく、声が大きくなっている。

「そうじゃ、そうそう。風流を解しない。近頃のやつはな」

「虫の音色をうるさいと言ったやつもおりますぞ」

「本当か。くだらぬやつじゃ、そういう手合いは」

「ご老人、飲んでくれ、飲んでくれ」

相手も酔っているからいいようなもので、そのうちうんざりしてくるだろう。


半刻ほどして、梅木はふらふらと外へ出て行った。それでも腰はきちっと下りているから、剣の腕はまんざらでもないかもしれない。今宵も永代橋のたもとに立つのだ。もしも桑田が通れば、早くわしを討てと責めるのだろう。

だが、桑田は大回りをするので、ここは通らないはずである。

「あの男、情けないのう。なぜ、敵を討とうとせんのかのう」

などと、ぼやく声も聞こえた。

藤村は、梅木を見ながら迷っていた。こんなときに説得しても、聞き入れるわけはない。いつがいいのか。あの調子だと、酔っていないのは午前のうちくらいではないか。

そこへ、深川のほうから倅の康四郎が来た。又六と長助もいっしょである。緊張した顔をしている。

提灯を向けられて、

「辻斬りの警戒でござるか。ご苦労」

と、梅木が言った。からかうような口調である。

康四郎は憮然としている。酔っ払いを軽くあしらうような世間知はまだない。

「まだ、捕まえられれんのか。めぼしくらいはついたのだろう？　わしはついたけどな。殺されたやつらは、みな、似たようなやつらじゃないか。よおく見てご覧。ちゃんと共通するところがあるのだから」

「わかってるみたいですな」

と、康四郎が言い、

「なあに、はったりですよ」

長助がそっぽを向いた。

「はったりなど言うものか。年寄りになるとわかってくることも多いのさ。若いうちには、見えないことが見えてくるよ。人間の薄っぺらさも、世の中のはかなさもくだらなさも」

梅木はそう言ったが、康四郎たちは相手にせず、熊井町のほうへ歩いていった。

梅木は橋の上に立ち、腕組みをして石川島あたりを見ている。いや、石川島というより、川の流れの果てと、無限に広がる海と空を見ているようである。

傲然と立ちつくすその姿は、こちらも思わず威儀を正したくなるような、ある種、風格すら感じさせた。

三

藤村は、日蔭に移した鈴虫のカゴをのぞいた。

三匹いる。ふっと息をかけると、三匹ともかすかに身じろぎをした。生きている。

土と炭のかけらを入れ、土には水をやり、餌としてナスを与えてある。昨夜もよく鳴いていたので、これでよさそうである。

門のところに置いたのは、夏木でも仁左衛門でもなかった。隣りの番屋の連中でもなかった。どうでもいいことだが、やけに気になるのだ。

——もしかして……。

そういえば、次の句会の課題は虫の音だったではないか。師匠のかな女が、句作に奮起するよう、置いていってくれたのかもしれない。

ただ、次の句会まではだいぶ日がある。それまで、かな女に確かめることができないのは残念な気がした。

仁左衛門が起きてきて、塩で歯を磨きはじめた。仁左衛門の歯磨きはていねいで、竹べらで舌の苔まできれいに洗い、何度もうるさいくらいの音でうがいをする。

「よう、仁左」

と、藤村が声をかけた。

「なんだい」

「あの百歳の爺さまだが、酔ってないときに話しに行こうじゃないか」

「あっしもそれがいいと思う。ただでさえ話が通じないのに、あれだけ酔っ払ってるんだ。まともな話はできねえもの」

「じゃあ、いまから行こう。今日も永代橋で、桑田さんが来るのを待ってるだろうからな」

「夏木さんはまだ起きねえけど」

と、二階を指差した。いびきがなくなったので、いまは二階の六畳に、三人並んで寝ている。

「しょうがねえな。昨夜も飲みすぎだもの。下手すりゃ一人で一升空けてるぜ。じゃあ、二人で行くか」

朝飯はもどってきてからということにして、藤村と仁左衛門は朝の永代橋に向かった。

明け六つを過ぎたばかりというのに、朝焼けに赤く染まった永代橋の上はもう、魚市場に向かう者や旅立ちの者などで、かなりの人出になっていた。

「ご老体はいるかな」

見まわすと、梅木翁は、ちょうど西側からこっちにやってくるところだった。昨日の酔いも抜けたらしく、足取りはしっかりしている。寝押しをかけたらしい袴をゆさゆささせながらやってくる姿は、百歳とはとても思えない。せいぜい七十といったところだ。

「ご老体」

と、藤村がそばに寄った。

「なんじゃ」

じろりと睨み返してくる。

「話をさせてもらうぜ」

「ふん」

「もう敵討ちを無理強いするのはおやめなされ」

「なんだと」

「向こうは、水に流すと言ってるんだ。わざわざ面倒ごとをつくる必要もねえさ」

「それをおぬしらに頼んだのか、あの孫は。情けない時代になったよなあ。武士の世の中も長くないわ」

そう言って、梅木翁はぺっと橋の下の川に唾を吐いた。この老人はこういうところで、他人の神経を逆撫でするのだ。鮫蔵と同様に。

「おいおい」

「あのときは、本当にわしが悪かったのだぞ。やつの祖父が、わしよりも優れたシイタケの栽培技術を持っていた。だから、わが藩も、わしではなく、あの男を雇うつもりになっていた。それをわしが、自分の技術のほうが上だと売り込み、あげくに喧嘩を売って決闘にした」

「そうだったのかい。だが、なぜ、そんなことを四十年も経ってから蒸し返したのだ?」

それがよくわからなかった。

「わからんのか。四十年経ってみたら、やつの技術のほうが、はるかに優れていたのがわかったからではないか。つまり、祖父の技術はあの孫にまでつたわり、やつはそれを石川島に収監された者に教えた。わしはそれをたまさかあの近くで見て、やつの技術にうちのめされた。やっぱり、あのとき、わしのしたことは卑怯だったのさ」

ちゃんと理由はあったのだ。

「そうだったのかい」

藤村がうなずくと、

「そのことを、ちゃんと桑田さんには言ったんですか？」

と、仁左衛門が訊いた。

「もちろん、言ったさ。だから、やつは敵討ちが正々堂々のものということを知ってるのさ」

「そうか。だが、孫の桑田はもう、敵討ちなんてことはやりたくないのさ。そんな人に、敵討ちを無理強いするなんて、残酷なことじゃないのかい？」

「残酷？」

これは意外だという顔をした。本気で相手のためと思っていたのか。

「そうだろうさ。嫌だと言ってるのだから。それが、武士道にのっとったことかね。たとえ、わざと負ける気でも、嫌がる相手に無理やり刀を持たせるなんて……」

梅木はそこで、大きなため息をついた。世をはかなんだようでもあり、敵討ちを受けられずにがっかりしたようでもあった。

「わかった。やめよう」

と、かすれた声で言った。

「そうかい。わかってくれたかい」

桑田もほっとするはずである。情けないと言えなくもないが、理不尽な申し出をいちいち相手にしていたら、命や身体はいくつあっても足りない。

「そのかわり、頼みがある」

と、梅木翁は言った。

「なんだい」

「きちんと詫びさせてくれ。あの孫に、すまなかったとひとこと頭を下げさせてくれ。それで、すべて諦める」

「詫びるだけだな」

「しつこい」

しつこいのはあんたのほうだと言いたかったが、

「わかった。それなら、向こうも承知するだろう。では、場所と時はこちらで相談して、あらためて連絡する」

藤村はそう言って、仁左衛門と目を合わせ、もどろうとした。初秋亭のよろず相談。これにて一件落着である。

するとと、梅木翁が、

「ああ、じゃあ、辻斬りにでも斬られておっ死ぬか」

と、大声でそう言った。声は大きくても、寂しげだった。


早いほうがいいというので、梅木と桑田の顔合わせを、翌朝の明け六つ、正源寺の境内とした。昨夜も海の牙で飲んでいた梅木に、そのことをしっかり確認させた。

「朝か」と酒が入らないのも不満げだったが、なまじ盃などかわさせたりすると、また酒の勢いでこじれかねない。手早く、だが、しかと言い聞かせて、おしまいにしたかった。

こっちは、夏木も立ち会うというので、三人で正源寺へ向かった。初秋亭からは歩いてほんのすぐである。梅木もこの寺は、昔から知っているということだった。

この寺は入り口が細く、参道を奥に行くと、広い境内に出る。六つちょうどに境内まで入り、そこで二人が来るのを待った。

ところが、その二人がなかなかやって来ない。

「遅いなあ」

と、藤村は不安になる。

長い参道のところにもどり、出入り口のほうを見た。靄《もや》の中に、さっきはなかったものがあった。藤村は、

「てえへんだ」

と叫んで、駆け出した。

夏木と仁左衛門も、何事だとあとを追ってくる。

出入り口のところに、二人、倒れていた。

梅木と桑田だった。

桑田は、肩から袈裟《けさ》懸《が》けに斬られ、すでに息をしていない。

梅木のほうは、首に青い筋が残っている。峰で打たれたのだろう。ほかに傷はないので、気絶しただけらしい。

活《かつ》を入れて起こした。

「これはどういうことだ？」

「何がじゃ」

痛みで顔をゆがめながら、梅木は桑田の死体を見た。まだ、血が流れている。

「桑田と斬り合ったな」

と、藤村が怒鳴るように訊いた。

「馬鹿を言え。わしは、この孫に謝ろうと思って来たのではないか。辻斬りが出たのさ」

「えっ」

思いがけない答えだった。

「ここへ来ると、ちょうど辻斬りが一刀でこの孫を斬ったところだった。わしは駆け寄り、辻斬りと斬り合いになった。わしは、辻斬りの腕を斬ったが、首を叩かれて、気を失ったというわけじゃ」

「まさか」

藤村たちは、呆然と、斬り合ったというところを眺めた。地面に激しく動いた跡はある。さっきはなかったものである。それにしても、辻斬りと梅木翁が争い、梅木翁が辻斬りの腕を斬っただと……。

「爺さんの言うことは本当ですかね」

と、仁左衛門が低い声で疑わしげに言った。

たしかに怪しかった。争ったというが、刀同士が打ち合う音など聞こえなかった。

それを指摘すると、梅木翁はぐいと胸を張り、

「刀を打ち合うなど、そこがそもそも剣の腕がなっておらぬのよ」

と言った。まさにそのとおりなのだった。

四

番屋に顔を見せた定町回り同心の菅田万之助によると、正源寺前の辻斬りの件は、奉行所内でも、見方がいろいろに分かれているという。

つまり、現われたのは、本当に辻斬りだったのか。

ただ、斬り傷を確かめると、いままで殺された者と似ているという。深く斬りつけ、すばやく抜いている。

それなら、なぜ桑田を斬って、梅木翁のほうは峰打ちにしたのか。

「梅木が斬ったんじゃねえのか」

という意見も出たらしい。だが、これだと、百歳近い老人に、それほど剣術ができるかという謎が残る。

「剣はたいして力はいらない。百歳でもやれる」

そう言う者もいれば、

「誰か立ち合って、腕を確かめてみろ」

と言う者もいた。

しかも、梅木は辻斬りと戦って、左の肩の近くを斬ったと言っているのだ。なるほど現場には、誰かの血のあとが点々と残り、福島橋のほうに逃げたのは確認できた。

これも、梅木がよほどの遣い手でなければ、できることではない。

「梅木翁はいま、どこにいるんでえ？」

と、藤村は菅田に訊いた。

「藩邸に入ってしまったよ」

「そうか……」

そもそも、梅木は武士であり、しかも幕臣ではなく他藩の藩士であるため、町方の力などまったく及ばない。

深川にいてくれたら、世間話をよそおって、訊問らしきこともできなくはないが、藩邸ではどうしようもなかった。

「どうする、藤村？」

と、夏木が訊いた。

「なあに、おれたちだって町方じゃねえんだ。梅木爺さんのただの友だちだもの、藩邸に見舞いに行こうぜ」

藤村は言った。

見舞いに行くのはおかしなことではない。たいした傷はないが、年寄りはわからない。打ち身が膿《う》んで、肺炎になったりもしかねないのだ。

「そりゃあいい。土産に酒でも持っていけば、会ってくれるかもしれねえな」

と、仁左衛門が喜んだ。

築地の田桜藩の藩邸に来た。三万石の小藩である。そう、うるさくはないのでは、と期待した。

案の定である。

土産の酒を門番らにも渡し、取次ぎを頼むと、藩邸内の組屋敷に入れてくれた。ざっくばらんな藩風のようだった。

「よう、見舞いに来たのか。大丈夫だ。もうなんともない」

と、梅木は元気である。実際、首の内出血は消えていないが、ぐるぐるまわすこともでき、体力のほうは回復したらしい。この元気を見れば、たとえ百歳はまだでも、達成は夢ではない。

「いま、町方のほうは大変だ。辻斬りを追うのでな」

と、藤村が言った。

「まあ、よいわ。追わせておけ。わしがかたをつけてやる」

「本気かい」

「当たり前だ」

梅木は見舞いの酒を茶碗に注ぎ、さっそくごくごくと飲みはじめた。

「おいらも桑田さんの依頼を半端なかたちで終わらしたもんで、どうにも後味が悪いんだ。辻斬りのことでは、協力し合おうよ」

藤村が機嫌を取るような調子で言った。だが、

「おぬしの力など借りぬ。だから、あの孫は、わしの言うとおりに立ち合って、わしを討てばよかったのじゃ。そうしていれば、辻斬りに目をつけられることもなく、あのようなことにはならずに済んだのに」

梅木はそう言うと、うつむき、声を殺すようにして嗚咽した。

「…………」

藤村たちは慰めようもない。梅木は死にたがっているのだろうか。死に場所を探しているのか。

梅木は、酒をあおって嗚咽を止め、

「だいたい、町方もおぬしたちも、辻斬りの正体をわかっておるまい」

と、言った。

「梅木さんは、正源寺の参道で見たからな」

「馬鹿だな。あのときは覆面をしていたわ。わしはもっと前から、やつの正体に気づいていると言っただろうが」

三人は顔を見合わせた。はったりではないのだ。本当に正体を知っているのだ。

「教えてくれ」

「嫌だ」

「そのあいだに、まだ、罪のない人間が殺されるぞ」

「それは仕方あるまい。殺される理由もいくらかはあるのだから」

「………」

やはり、行き当たりばったりではないのだ。梅木は辻斬りの正体だけでなく、刀をふるう理由まで知っているらしい。

「それで、梅木さんはいつ、どうやって決着をつけるんだい?」

と、仁左衛門が訊いた。

「そうだな。明後日は十五夜だな」

梅木が、遠い目をして言った。

八月十五日(旧暦)は、中秋の名月である。

先月の七月二十六日、いわゆる二十六夜待ちほどではないが、江戸の町は夜のそぞろ歩きの人たちで賑わうことだろう。辻斬りにとっては、いくらでも機会はありそうである。

「明後日、やってやるさ」

と、梅木は言った。


翌々日──。

昼過ぎから、熊井町の番屋には、定町回り同心の菅田万之助をはじめ、康四郎、鮫蔵、長助、そのほかに鮫蔵の手下が五人、中間たちも五人、集まった。

藤村はすでに、一昨日のやりとりを菅田には伝えてある。

「本当に梅木は知ってるのでしょうか」

と、康四郎は悔しげに言った。

「知ってるな」

「情けねえな。これでも必死で探ったのにな」

と、鮫蔵が番屋の土間に唾を吐いた。

不潔なふるまいだが、誰も鮫蔵には注意できない。

「どうします？」

と、康四郎が菅田に訊いた。

「梅木を見張ろう。田桜藩邸は見張ってるな」

「ええ」

康四郎が首を振った。

「梅木はどうにかして、辻斬りを呼び出す気だ。べったり張り付けば、必ず辻斬りと出会うだろう」

菅田が今夜の夜回りの手はずを確認し、みな、町へ散っていった。

藤村たちも、町方とは別に動き、夜に海の牙に行くことにした。

できればその前に、辻斬りの正体を摑んでおきたい。

藤村はそう思った。そうしないと、桑田の依頼を片づけることができなかったことになる。

　初秋亭を出ようとすると、

「藤村、わしは夕方まで休んでいてかまわぬか」

　と、夏木が言った。

「どうしたい、夏木さん。やっぱり近頃、飲みすぎだろ」

「夏風邪だと思う。ちっと頭が痛いからな」

　顔色は悪くない。むしろ血色はいいくらいである。それでも、無理はしないほうがいい。

「ああ、休んでてくれ。また、弓矢の助けがいるかもしれないからな」

「それはまかせてくれ」

　藤村は、仁左衛門にも付き添ってやるように頼み、一人で町に出た。

　永代橋とは逆に、正源寺のほうに出た。参道に流れた血はすでに、水をかけられ、痕跡もない。だが、辻斬りのものという血は、道の上に、福島橋あたりまでかすかに残っていた。

　辻斬りは、橋のあたりで、怪我をしたところを縛ったのか。あるいは、ここらに住む者で、単に家の中に転がりこんだのか。

福島橋の先は、右手が中島町、左手は北川町になる。さらにその先、八幡橋を渡れば、入江かな女が住む黒江町へと入っていく。

まっすぐ歩いた。

かな女と出会うのを期待もしていた。

強い期待は、ときにかなえられるらしかった。かな女の姿が見えた。

だが、偶然と言えるほどではない。かな女の家の前を通ったのだから。

「まあ、藤村さま」

前掛けに手拭い姿である。掃除の途中だったようだ。新妻の風情だ。そう思ったら、顔がにやけるのが自分でもわかった。

「これは、師匠。句会はまだ先でしたな」

「ちょっとつまっていて、申し訳ありません。課題は虫の音ですので、準備なさっていてくださいな」

そういえば、訊きたいことがあった。

「あ、もしかして、師匠のお心づかい？」

「何を？」

「いえ、このあいだ、初秋亭の門のところに、鈴虫の入った虫かごが吊るしてありましてね。夏木や仁左でもないというので、もしや師匠かと」

「あら、お生憎さま。わたしではございません。せちがらい世の中にも、風流なお人はいるものですこと」

藤村は少しがっかりした。かな女の好意を期待してしまった。

「まったくです。では、十五夜をお楽しみなされ」

「ありがとうございます」

そのまま、まっすぐ黒江町を抜けた。期待したほど、ゆっくり話はできなかった。

──師匠でないなら、誰のしわざだろう。

それから、ぼんやりとこんなことも思った。あの鈴虫はちゃんと世話をしてやったので、リーンリーンとかわいい音色で鳴きつづけてくれる。だが、あれをうっちゃっていたら、鈴虫はやがて死んでしまっただろう。

──虫けらのことなんて、気にも止めないやつなら……。

何かがひっかかっているような、嫌な気分だった。

あの虫かごを適当な家にぶらさげておく。風流を解《かい》するやつ、虫の世話を焼くくらいのゆとりがあるやつならいい。だが、そんなことにはてんで興味のないやつだとしたら……当然、鈴虫は死んでしまう。

——そいつは、風流心もない、冷たい人間か……。

胸が高鳴り出した。

藤村は足を速めた。

桑田観平の住まいは、たしか油堀近くと言っていた。堀はみな、つづいているが、油堀と呼んでいるのは、下之橋から富岡橋までである。

とりあえず、そこまで行き、近くに石川島に勤める武士の組屋敷があるかどうか訊ねた。そういうものはないね。何度かそう言われて組屋敷は諦めた。

では、辻斬りに斬られて亡くなった桑田観平という武士の家を知らないか、と訊ねることにした。

これも、知った者とはなかなか出会えなかった。

思わぬ手間になった。桑田の家はほとんど人付き合いをしないのだろうか。

日が落ちはじめていた。そろそろ、梅木嘉二郎老人が百歳に迫るとは信じられないような足取りで、永代橋を渡ってくるのではないか。

一言、確かめればいい。

玄関先あたりに、鈴虫の入ったカゴが置いてなかったですか?

それを誤って死なしてしまったりは?

それが辻斬りの犠牲者と一致すればいい。深川には他にも犠牲者はいるだろうが、名前を知っているのは、桑田だけである。やはり、同じことを訊くしかない。

「桑田観平という武士の住まいはご存知ないか」

もはや、手当たり次第に訊ね歩いていた。

こんなときにますます早まる秋の釣瓶落《つるべお》としである。今日は夕焼けはなく、西の空の色は、青いままに乏しくなっていく。

かはたれ時。いや、逢魔ヶ時だ。

「もしや、先ほどお訊ねの？」

後ろから声をかけられた。

「え」

ふり返ると、薄闇の中に小柄な老人が立っていた。

「桑田さんというお侍とおっしゃったが」

「ええ」

ごくっと唾を飲んだ。ついに当たりがきたか。

「あの方、お侍でしたか。いつも、家の中でシイタケをつくっていて、あっしはてっきり……」

侍と言って訊いて歩いたのがまずかったらしい。

「どこだな、その家は？」

指差された家に飛び込んだ。すぐ前の路地、道から二つ目の長屋だった。

「お訊ねしたい。こちらの家にしばらく前に、鈴虫の入った虫かごが吊るされていたことは？」

「はい、ございましたが」

気弱そうなご新造がうなずいた。目元が腫れている。亭主が亡くなって四日目か。葬儀は終わっても、まだ実感はないだろう。もっとも身近な者の喪失の実感は。

「その鈴虫は？」

いたわるいとまもなく訊いた。

「手前のところでは、シイタケの栽培を研究しておりまして。虫がつくのは困るんです。それで虫は土手の草むらに逃がしてやって、虫かごはかまどの火に……」

そこまで聞けばよかった。

「ご亭主の敵《かたき》は取るぞ！」

そう叫び、藤村慎三郎は、永代橋に向かって、全力で駆け出していた。あれほど敵討ちを嫌がった男の敵を取るというのは、なんとも皮肉なことだった。

「そろそろ行ってみようか、夏木さま」

と仁左衛門にうながされ、夏木は立ち上がった。頭に濡れた手拭いをのせ、階下の四畳半で横になっていた。疲れは充分、取れたはずである。刀を腰に差し、用意していた楊弓《ようきゅう》と矢を手に持った。

「行くか」

見ると、仁左衛門は隣りで借りた長十手を腰に差していた。町役人をしていたときに習い覚えたと聞いたことがある。

だが、遣《つか》っているところは見たことがなかった。

「藤村さんも待ってるかね」

仁左衛門が先に出て、夏木がそのあとから出ようとした。

そのとき、頭に強い痛みが走った。頭の中で、大きなもの同士が正面からぶつかったような、重い痛みだった。

その次に、身体の右半分だけが一回りも二回りも大きくふくらんだような、奇妙な感覚に襲われた。足元もすこしふらついた。

「仁左」

手を伸ばして柱を掴んだ。支えないと倒れそうだった。

「どうしたい、夏木さま」

すでに外に出ていた仁左衛門がふり返って訊いた。

「ちと、目まいがしてな」

「じゃあ、無理しなくていいさ。人数は足りているし。休んでてくれよ」

「ああ、目まいがおさまったら駆けつけるとしよう」

夏木は仁左衛門を見送ると、出入り口に座り込んだ。

いやな気分だった。何度も深呼吸してみたが、気分の悪さはいっこうに回復しない。頭を剃ったりしたのが悪かったのかもしれない。あんなことはするものではないのだ。それから酒はもうやめようと思った。毎日、あんなに飲んでいたら、誰だって死んでしまうだろう。そろそろ煙草もやめるぞ、と思った。

さらに激しい目まいがきた。強い力が頭の中を掴んで、後ろに引きずり倒そうとしているようだった。

視界が霞《かす》み、黒く濁り、遠い彼方で芸者の小助が艶然と笑ったような気がした。

いったんは海の牙に向かった仁左衛門だったが、夏木のことがひどく気になった。

夏木があんなふうに、具合が悪くて先に行って欲しいなどということがあっただろうか。行くなと止めても、いちばん先に行く人だった。

顔色もおかしかった。いや、顔色ではない。顔半分の表情が変だった。まるで別の人間の顔をくっつけたような気がした。

胸騒ぎがした。

放っておいていいものか。休んだだけで治るのか。

医師の寿庵の名が浮かんだ。このまま呼びに行くか。それとも夏木のところに引き返すか。

永代橋はすぐそこだった。だが、後ろが気がかりだった。向こうには藤村もいれば、菅田も鮫蔵もいる。だが、夏木のもとには誰もいない。

「夏木さま」

仁左衛門は引き返し、全力で初秋亭へと走った。

藤村慎三郎は、海の牙へと飛び込んだ。

店は意外に空いていた。奥のほうに数組の客がいるだけだった。だが、不思議ではなかった。八月十五日、中秋の名月は、外ではなく、家で家族と祝うもの。縁側に供えられた花と団子と里芋。それが江戸の風習だった。いまどき、飲み屋にいる連中は、家庭を持たない寂しい男が多いはずだった。

「梅木老人は来なかったかい？」

と、藤村は安治に訊いた。

安治は調理場から手をふきながら出てきて、

「来ていたさ。でも、途中からそっと抜け出したよ。すると、どうだろうね。あの老人のあとを、菅田の旦那から、康四郎さんから、鮫蔵まで、ぞろぞろぞろぞろつけていったよ。何が始まるんだろうね」

愉快なものを見たといった口調だった。

「ああ、そうかい」

藤村は飛び出したりはしなかった。

むしろ、海の牙の中をゆっくりと見まわした。

その男は、店のいちばん奥にいた。瘦せて、小柄な男だった。奥に窪んだ目がぎらぎらと光り、口元に薄い笑みがあったが、楽しそうではなかった。月代《さかやき》を伸ばし、古びた単衣を着流しにしていた。誰が見ても浪人者だった。

ここで何度か会ったかもしれなかった。だが、滅多に口もきかず、ひたすらちびりちびりと飲んでいたにちがいなかった。そっと足元を見た。鈴虫の入った竹かごが一つ、置いてあった。初秋亭にも吊るしてあったかごである。今日もどこかの窓辺に吊るしてくるのかもしれなかった。

その虫を育てれば何事もなく、殺すようなことがあれば、地獄が待っているはずだった。生死の分かれ目となってきた虫かご。浪人はおそらく、その虫かごで生計を立てているのではないか。

後ろでかたりと音がした。

梅木嘉二郎老人だった。やはり、連中をまいてきたのだ。どうやってまいたかは知らないが、最初からここに帰ってくるつもりだったのだ。

「なんだ、おぬしはいたのか」

藤村をぎろりと睨んで言った。

「帰ってくると思ってましたのでね。このあいだ、風流子が少なくなったことを嘆き合っていた御仁と会うためにね」

「ほう。おぬし、よくわかったな」

奥で、虫かごの浪人がこっちを見ていた。

ゆっくり立ち上がって、近づいてきた。刀に手をかけている。店の外まで出るつもりはないのだ。

「そこの客。逃げろ、早く逃げろ」

周りにいた数人の客に、藤村は叫んだ。何かわからないといった顔をした客の首に、いきなり剣が叩きつけられた。血飛沫《しぶき》が海の牙に煙のように舞った。悲鳴がつづけざまにあがり、誰の声かもわからなかった。

藤村と同時に、梅木も刀を抜き、浪人に向かって前進した。

狭い室内で、並んで剣を振るうのは難しい。だが、梅木がためらいなく進むため、藤村はどうしても一歩遅れた。

「爺さん、おいらにまかせろ」

「馬鹿言え。こういうおかしな男が、わしの最後にはふさわしいのよ」

梅木は浪人者に対峙し、剣を振らず、鋭く何度も突いた。いい突きである。浪人者がたじろぐほどだった。

「ジジイ、どけ。きさまは助けてやる。わしが殺すのは、わしの娘を虫けらのように殺した連中と同類のやつらだけだ。わしの娘が、荷車に落とされ、川に落ちても、しらばくれて逃げたやつと、似たような町のやつらだ」

浪人者は怒鳴《どな》った。

それでわかった。そのできごとに覚えもあった。ひと月ほど前だ。五歳の女の子が走ってきた荷車にはね飛ばされ、仙台堀に落ちて亡くなった。目撃したのは、七十過ぎた老婆だけで、追いかけようがなかった。だが、積み荷は材木、木場に出入りする業者で深川あたりの住人であることも考えられた。さらに、女の子を助け上げるまでにも時間がかかった。騒ぎをよそに素知らぬ顔で通り過ぎた者が、何人もいた。ようやく、岸に上げられたとき、息はなかった。

もしも、荷車を押したり引いたりしていた連中が、すぐに助け上げていたら……。通りかかった町の誰かが、すぐに飛び込んでいたら……。娘の命は助かったかもしれない。荷車の連中も、結局、見つからないまま、町の人たちはこの話を忘れつつあった。

辻斬りは、町の連中への復讐だった。

「きえー」

悲鳴のような声をあげて繰り出される梅木の突きに瞬間、たじろいだ浪人者だったが、それを見切り、大きく突きを払った。剣の勢いはちがった。

梅木の剣ははじかれ、身体ごと斜めに下がった。しかし、転びもせず、ぐいと踏みとどまったのには驚いた。

浪人者はそのまま、藤村に向かってきた。

藤村は、梅木の真似をし、幾度か突いた。しかし、梅木の突きほどの鋭さはなかった。ためらうような突きだった。

浪人者は同じ動きをした。大きく突きを払った。それを待っていた。

藤村は一瞬、突きをずらし、浪人者の刀が宙を切ると同時に、思いきり踏み込んだ。この家の広さは身体が覚えていた。踏み込みながら、真横に倒した剣を、浪人者の胴へと滑らせた。初秋の剣ではなかった。若いころに遣った豪快な剣さばきだった。

血飛沫がもう一度、海の牙に満ちた。

「もういいから、娘のところに行ってやれ」

藤村がそう言うと、浪人者はかすかにうなずいたようだった。

同時に、大勢の声が入り口から飛び込んできた。

「梅木はもどっておらぬか」

「まかれたぞ」

「おやじ、無事か」

あっという間に、出入り口が立ちはだかる男たちでいっぱいになった。

仁左衛門が飛び込んできたのは、そのすぐあとだった。

「たいへんだ、藤村さん。夏木さまがぁ！」

走りながら仁左衛門が言った。もう、すでに泣いていた。さっき見た夏木は白い顔で横になっていた。抱きかかえると、目がぐるりとまわり、白眼になった。息はしていないようでもあるが、喉だけはぐるぐるとかすかな音を立てていた。

「駄目かもしれねえ」

「駄目かもしれないだと」

藤村は呻いた。

さっきの爺さんは、百歳とか、少なくとも八十いくつとかいって、やたらと元気だったではないか。

だが、夏木はまだ、五十五だぞ。

「いいか。まだ、五十五だぞ」

と、藤村は誰にともなく怒鳴った。

「いま、死んでどうするんだ」

とも叫んだ。

「そうだよな、藤村さん。そうだよな」

仁左衛門が言った。

「どんないい景色より、こじゃれた住み家より、これからの暮らしに必要なのは、仲間なんじゃねえのか」

以前もそう思ったが、そのときは恥ずかしくて、口に出せなかった。だが、いまは恥ずかしいなどという気持ちはまるでなく、口にした。

「いちばん大事な仲間じゃねえか。死ぬんじゃねえぞ、夏木さんよ」

駆けているつもりが、進みが遅い。熊井町の手前に来ると、ふいに家並みが途切れ、空が広がった。

秋の夜空は高く、十五夜の月が大きすぎるほどに、中天で輝いていた。

夏木権之助の猫日記（二）　白助黒助

一

夏木権之助が、散策のときなどに通る道筋に、小さな一軒家がある。ちょっと変わった見かけの家である。

土地の都合からだろうが、やけに細長いつくりになっているのだ。間口は一間半くらい。だが、奥行きは五間ほどある。二階建てになっていて、その二階の端には物干し場もつくられている。

気がついたのはふた月ほど前からだが、家自体はそれ以前からあったのだろう。

気づいたわけは、若い娘が二階の窓辺で、退屈そうに外を眺めているのを見たからである。娘もなかなかの美人だったが、膝《ひざ》のうえにまだ子どもらしい黒や白の猫を乗せたりしていて、その猫がまた愛らしかったのだ。

「黒助《くろすけ》や」

とか、

「白助《しろすけ》っ」

と呼ぶ声が聞こえたことがあるので、それが二匹の名前なのだろう。

黒と白と、若い娘の薄桃色の三色が戯れ合っているのは、なにやら洒落《しゃれ》た屏風絵《びょうぶえ》でも見るように美しいのではないか――そんな夢想をしていると、夏木はどうしてもかつて夢中になった小助という若い芸者のことを思い出してしまう。小助も猫を飼っていた。芸者をつづけていたから、妾《めかけ》にしたわけではなかったが、家も借りてやっていたし、だいぶ散財もした。

未練があるわけではない。むしろ、いまになってみると、なぜ、あんな小娘に夢中になったのか、不思議な気がするくらいである。

別に聞いてもしょうがないので、いま、なにしているのかも知らないが、幸せになってもらいたいとは思っている。

やはり、若い女がああした暮らしを送るのは、どこかに無理があるのだ。当人も金のためにしていることで、喜んでやっているわけではないのかもしれないが、たとえ少々金の不安があっても、ほんとうに惚《ほ》れた男と苦労をともにするほうが、あとあと幸せな気持ちになれるのではないか。

今日も女は窓辺に座って、ぼんやり外を眺めている。猫は膝には乗っていないが、白いものが少しだけ見えているので、近くにはいるのだろう。

——寂しいのかもな。

夏木は、同情も覚えながら、女の姿を眺めやっていると、

「おや、〈初秋亭〉の旦那《だんな》」

後ろから声がかかった。

振り返ると、熊井町の番屋で雇っている二人の番太郎のうちの一人である茂平《もへい》がいた。歳は六十くらいで、漁師の仕事がきつくなったので、番太郎に鞍替《くらが》えしたらしい。

「可愛い娘でしょ」

茂平はからかうように言った。

「まあな。だが、わしは娘より猫のほうが気になって見てたのだぞ」

「気がつきましたか？」

茂平は驚いたように訊《き》いた。

「気がついた？　何に？」

「あ、違うので。妙なことがあるんですよ」

「じつは、女房があの家に手伝いに行ってるんです。娘はおげんといいましてね。とある店の旦那に囲われてるんですがね」

「やっぱりな」

「妾なんかやってるけど、なかなか気立てはいいらしいですよ。家のこともだいたいは自分でやれるんですが、うちのは旦那に頼まれて、まあ見張りみたいなことで掃除や洗濯をしてやってるんです」

「なるほど」

「それで、妙なことというのは、あの家の白猫が、ときどき墨で真っ黒に塗られているというんですよ」

「墨で黒く？」

「あれは、何なんだろうって、うちのやつは首をかしげてました」

「ほう」

「なんかのまじないですかね？」

「そんなまじないは、聞いたことがないな。まさか、白猫と黒猫と二匹いると思っていたが、じつは一匹しかいないのか？」

「一匹？」

「あんたの女房は、二匹いると言ってたかい？」

「どうでしょうね。猫は二階にいることが多くて、うちのは二階の掃除はしなくてもいいと言われてるそうなんで」

「ふうむ」

「ま、どうでもいいことなんですけどね」

茂平は苦笑して言った。

「いや。そんなことはない。面白い謎だ。探ってみるよ」

「お礼はできませんよ」

「そんなものはいらんさ。いつも番屋に世話になってるんだ」

夏木は近ごろ、猫の謎ならなんでも解きたいのだ。

二

「あんたの女房からもう少し詳しい話を訊きたいな」

と言うと、その日の夕方には、女房が初秋亭にやって来た。

「また、うちのが余計なおしゃべりをしたみたいで、申し訳ありません。あたしが言ったというのは、ご内密に願います」

「大丈夫。わしは別に触れ回ったりはしないよ」

「すみません。なんせ、お給金をいただいてるもんで。ただ、あたしも変なことするなと思って、そのわけは知りたいんですけどね」

誰だって、変なことのわけは知りたいのだ。

「旦那は来てるんだろう？」

と、夏木は訊いた。

「はい。五日にいっぺんくらいですが」

「泊まるのかい？」

「いいえ。昼過ぎに来て、夕方には帰ってしまうみたいですよ。その日は、あたしも遠慮することになってまして」

「どこの旦那かは知っているのだろう？」

「それがはっきりとは知らないんです。あたしも、事情が事情ですから、訊かないでいるんですよ」

「いくつくらいだい？」

「六十くらいですか。髪は真っ白です。穏やかな話し方で、あたしなんかにも丁寧に話してくれます」

「今度、いつ来るかわかるかい？」

「あ、明日《あした》来ますよ」

「舟で来るのかな？」

「いいえ。たぶん、永代橋を歩いて渡って来ます。一度、チラッとみかけたことがあります」

とりあえず、跡をつけてみるしかないだろう。

翌日――。

夕方、おげんの家から出て来た白髪の旦那の跡をつけた。

意外に早い足取りで歩くので、勾配《こうばい》のある橋の途中で、夏木は息が切れたほどだった。

永代橋を渡り切ると、すぐ左手の豊海橋《とよみばし》を渡り、霊岸島新堀《しんぼり》沿いに歩いて、湊橋《みなとばし》の手前で足を止めた。

「お帰りなさい」

店先にいた手代たちが頭を下げた。

店の間口は十五間ほど。頭上の看板には〈豆州屋《ずしゅうや》〉とあり、別の縦看板に『大豆、小豆《あずき》、黒豆、隠元豆等』とあった。豆全般を扱う問屋らしい。

この大店のあるじなのだ。

堀沿いの河岸にはずらりと蔵が並んでいる。店の真ん前は豆州屋の蔵らしく、手代や小僧が袋を担いで往復している。

この豆州屋の蔵が並びのいちばん端に当たり、その隣は水茶屋になっていた。

夏木はここに腰を下ろし、しばらく店のようすを窺《うかが》った。どこから探りを入れるか、なんの取っ掛かりも思い浮かばない。

——藤村に手伝ってもらうか、それとも仁左が何か知っているかもな。

そんなことを思ったとき、店のなかから六十前後くらいの、恰幅《かっぷく》のいい女が出て来た。手代たちが、旦那に対してしたよりも丁寧に頭を下げ、

「行ってらっしゃい」

と言ったので、女将《おかみ》なのだろう。

女将は、水茶屋の前を通り過ぎようとしたとき、ふと足を止め、

「あんた。うちの手代たちにあんまり愛想をふり撒《ま》かないでね。うちのは皆、真面目なんだから」

そう言って足早に去って行った。

ここの看板娘に言ったのだった。

三

「なあに、あの婆さん。偉そうに。ダルマ婆《ばば》あ！」

水茶屋の娘は、女将の後ろ姿に毒づいた。ダルマとは、女将の体形を指すのだろう。

娘は二十歳は超えているのではないか。水茶屋の看板娘にしては、やや熟れすぎの感があるが、しかし器量のほうは相当なものである。色の白さとぽってりした唇の愛らしさは、夏木も目を瞠《みは》ったほどで、ほかに五人ほどいる男の客も、おそらくそこが気に入って、この店に来ているに違いない。

「まったくだ。偉そうだったな」

夏木が声をかけた。

「ええ。先代の娘だから、偉そうにしてるんですよ。手代たちは、陰で悪口言ってますよ。あれじゃ、旦那《だんな》が妾《めかけ》つくるのも当然だって」

「ほう。そんなのがいるのか。優しそうな、いい旦那だがな」

さも旦那を知っている人のように言った。この看板娘は、さっきの女将の言葉に怒っており、なんでも話してくれそうである。

「いますよ。あっちでお汁粉屋をしてたおげんちゃんっていうんですけどね。あたしも友だちだったんですよ」

「ああ、あるな、お汁粉屋。あそこのおげんちゃんが、そうだったのか」

夏木はしらばくれて、

「猫好きだったよな」

「あ、そうそう。いまの仔猫《こねこ》はあたしが知り合いからもらってあげたんですよ」

「そうか。白いのと黒いのといたよな」

「よく知ってますね」

「わしも猫が大好きだからな」

「そうなんですね。豆州屋の旦那のほうも猫好きらしいですよ」

「でも、あの店、まだやってるか？」

さらにとぼけて訊《き》いた。

「もう、やってません。もともとおげんちゃんが旦那におねだりして開いてもらった店だったんです。小豆は、そこから卸してもらってね」

「なるほど」

「繁盛してましたよ。でも、あの女将さんが怪しみだして、あの家作を取り上げてしまったんですよ。おげんちゃんも、儲《もう》けを家に仕送りしてたから、困ってしまってね」

「それでどうした？」

「わかんないんですよ。急にいなくなったもんで」

「ふうむ」

深川の中島町にいると教えてやりたいが、いまはそのときではないだろう。

それよりも、夏木にはぼんやりと全体図が見えてきた。

豆州屋の寵愛《ちょうあい》のおかげで、お汁粉屋で儲けていたが、それができなくなった。仲を怪しまれたため、旦那もおげんを避難させなければならなくなったのだろう。

つまりは、深川の一軒家でお妾暮らしとなった。

だが、おげんには仕送りしなければならない家族もある。そこにお手当の問題も出てきたはずである。

夏木は二人のやりとりを想像してみた。

「深川になんか行きたくない」

「そう言わずに、頼むよ、この通りだ」

「だったら、別れるから手切れ金をくださいさい」

「それが、多額の手切れ金は、妻の目があるからやれないんだよ。でも、ちょこちょこだったら、なんとかやりくりできるよ。いくら欲しい？」

「あたしは月に一両（およそ十三万円）はいただきたいです」

「わかった。なんとかしよう」

「でも、家族がいますよ。猫二匹。一匹につき、一分（およそ三万二千円）」

「しょうがないな」

　ということで手を打った。

　ところが、何かの事情で黒助が死んだか、いなくなったかしてしまった。同じ大きさの黒猫を探したが、なかなか見つからない。しかも、旦那になつかないと駄目。いなくなったら、黒助の分がもらえない。結局、白助に墨を塗ってごまかし、黒助の分ももらいつづけることにした。

　あくまでも想像だが、当たっている気がする。

　――しかし、墨を塗ったくらいでは、ばれそうなものだがな……。

「あの、旦那、目が悪くなかったか？」

と、夏木は看板娘に訊いてみた。

「なってるでしょ。ちょっと目が白っぽくなっていますから、白そこひ（白内障）が始まってるんですよ。おげんちゃんも可哀そうだって言ってました。あの二人、歳の差はあっても、惚《ほ》れ合っていたのかもね」

四

それから五日ほどして――。

近所の正源寺の参道で、見慣れない黒猫を見つけた。界隈《かいわい》の猫なら、たいがいは知っているが、この猫に見覚えはない。

まだ若い。生後一年は経っていないだろう。

袂《たもと》から目刺しを出して、

「ほら、食うか」

「にゃあん」

怖がりもせず寄って来た。

うまそうに食べ、もう一匹与えると、それも食べた。身体を擦り寄せてくる。人に慣れたところがある。ずっと野良《のら》ではなく、以前、人に飼われていたのだ。

——もしかして……。

思い当たった。もしかして、おげんが飼っていた猫ではないか。

「黒助か？」

「みゃあご」

ちゃんと返事をした。たぶん間違いない。

連れて行ってみることにした。

もしもいなくなっていた黒助だったら、わざわざ白助に墨を塗ったりしなくてもいいのである。

家の前に来ておとないを入れようとしたとき、戸が開いて、なかから旦那が出て来た。

「あ」

夏木は隠れる暇《いとま》もない。後ろではおげんが見送っている。玄関口には黒くなった白助まで来ていた。

「にゃあ」

と、夏木の腕のなかの黒猫が鳴いた。

旦那《だんな》とおげんがこっちを見た。

――まずい。

そのとき、腕のなかの黒猫がいきなり飛び降りて、おげんの家の中に突進し、黒くなった猫と懐かしそうにじゃれ合った。

「え？　お前、黒助？」

それからおげんは、気まずそうに旦那を見た。

旦那は黒助を見て目を瞠《みは》っている。

どうやら、夏木が想像していたようなことがあったらしい。黒助の分のお手当は、削っていなかったのだ。

夏木もまずいときに連れて来てしまったと思った。

――旦那は怒るだろうか。

夏木は反応を待った。

旦那はじっと二匹を見ていたが、やがて、ふふっと笑って、こう言った。

「なあに、どうってことはない。おげん。今度は黒助に白粉《おしろい》を塗ればいいさ」

本書は二〇〇七年一月、二見時代小説文庫から刊行されました。
「夏木権之助の猫日記（二）　白助黒助」は書き下ろしです。

菩《ぼ》薩《さつ》の船《ふね》

大《おお》江《え》戸《ど》定《てい》年《ねん》組《ぐみ》

風《かぜ》野《の》真《ま》知《ち》雄《お》

令和3年 11月25日　初版発行

発行者●堀内大示

発行●株式会社KADOKAWA
〒102-8177　東京都千代田区富士見2-13-3
電話　0570-002-301（ナビダイヤル）

角川文庫 22918

印刷所●株式会社暁印刷
製本所●本間製本株式会社

表紙画●和田三造

ISBN 978-4-04-111535-0　C0193

◇◇◇

角川文庫発刊に際して

角　川　源　義

第二次世界大戦の敗北は、軍事力の敗北であった以上に、私たちの若い文化力の敗退であった。私たちの文化が戦争に対して如何に無力であり、単なるあだ花に過ぎなかったかを、私たちは身を以て体験し痛感した。西洋近代文化の摂取にとって、明治以後八十年の歳月は決して短かすぎたとは言えない。にもかかわらず、近代文化の伝統を確立し、自由な批判と柔軟な良識に富む文化層として自らを形成することに私たちは失敗して来た。そしてこれは、各層への文化の普及滲透を任務とする出版人の責任でもあった。

一九四五年以来、私たちは再び振出しに戻り、第一歩から踏み出すことを余儀なくされた。これは大きな不幸ではあるが、反面、これまでの混沌・未熟・歪曲の中にあった我が国の文化に秩序と確たる基礎を齎らすためには絶好の機会でもある。角川書店は、このような祖国の文化的危機にあたり、微力をも顧みず再建の礎石たるべき抱負と決意とをもって出発したが、ここに創立以来の念願を果すべく角川文庫を発刊する。これまで刊行されたあらゆる全集叢書文庫類の長所と短所とを検討し、古今東西の不朽の典籍を、良心的編集のもとに、廉価に、そして書架にふさわしい美本として、多くのひとびとに提供しようとする。しかし私たちは徒らに百科全書的な知識のジレッタントを作ることを目的とせず、あくまで祖国の文化に秩序と再建への道を示し、この文庫を角川書店の栄ある事業として、今後永久に継続発展せしめ、学芸と教養との殿堂として大成せんことを期したい。多くの読書子の愛情ある忠言と支持とによって、この希望と抱負とを完遂せしめられんことを願う。

一九四九年五月三日